新 潮 文 庫

朱　　　　　夏

―警視庁強行犯係・樋口顕―

今 野　敏 著

朱夏

警視庁強行犯係・樋口顕

朱夏

I

「ユウジのやつ、遅いな。飯の買い出しにいつまでかかってんだよ……」

アパートの一室。カラーボックスにゲームソフトが乱雑に重ねられていた。その上には十四インチのカラーテレビがあり、プレイステーションがつながっていた。部屋の中には、若い男の脂臭《あぶらくさ》さと、すえた靴下や垢染《あかじ》みた服の臭《にお》いがこもっている。

嵐《あらし》が遠くの木々を揺らす窓の外を見て苛立《いらだ》たしげに言ったのは、長髪の若者だった。仲間からタツオと呼ばれている。彼は、だらしなく足を伸ばして窓の脇《わき》の壁にもたれていた。

部屋の中央にはこたつがあり、髪を茶色に染めた同じくらいの年齢の男が両足を突っ込んでいた。彼は通称、ヒロ。年に似合わない訳知り顔の笑みを浮かべて言った。

「なにイラついてんだよ」

「むかつくじゃんかよ」

「あいつ、一人でやってんじゃねえだろうな」

相変わらずにやにやと笑いながらヒロが言った。

「へっ。あいつにそんな度胸があるわけないじゃん」

「おい、ヒロ。そろそろ、金がなくなってきたな」

「おまえが、ゲームソフトを買いあさるからだよ」

「おまえだって、バイオハザード2、面白がってやってたじゃねえか」

「いくら残ってんだ？」

「二万ちょっとだ」

「真面目《まじめ》にバイトでもすっか？」

「やりたきゃ、おまえ一人でやれよ。どうせ、三日も続きゃしねえだろが」

ヒロがくっくっくと、笑いを洩《も》らした。

「真面目に働くこたあねえよな」

「なあ……」

タツオが気だるげに言った。「スノボ、欲しくねえか？」

「ああ、レンタルじゃかっこつかねえよな。ウエアも決めてえ」

「またやりますか？」

「そうだな。生活費も乏しくなったしな」

「目をつけてるコンビニがあるんだ。代々木上原にあるんだけどよ。昔酒屋だったとこで、店主はジジイだ。深夜はバイトが二人しかいねえ」

「またあの辺か？」

「土地勘があるところのほうがいいだろう？」

「もう、あのあたりには戻れないな」

「戻って何かいいことあんのかよ？」

「ねえな……」

ヒロはまた笑いを洩らした。「またやるか？　ユウジが戻ったら相談しよう」

「あいつ、やばくねえか？」

「何が？」

「びびってるよ。今にドジ踏むぞ」

「おまえ、けっこうパシリに使ってるくせに……」

「むかつくんだよ、あいつ。なんかおどおどしてよ。人の顔色見るだろう？」

「二人より三人のほうが仕事するのに便利なんだよ。あいつだって見張りくらいの役には立つさ」

「まあ、おまえのダチだからな。我慢してるけどよ。ガッコにもいたんだ、ああいうのが。なんかむかついてよ。殴ってやりたかった」

「おまえ、なんで高校辞めたんだ?」

「べつに……。いてもしょうがねえし。センコウはむかつくしよ」

「退学とかになったわけじゃねえんだろ?」

「冗談……。真面目にやってましたよ。毎日ガッコ行って、つまんねえ授業受けてよ……。おまえはなんで辞めたんだ?」

「かったるかったんだよ」

「ユウジ、就職決まってたんだろ?」

「そうらしいな。でも、あんまり働く気なかったらしいよ。就職するのが怖いとか言ってた」

「あいつ、ホント遅《おせ》えな……。腹減っちまった」

「うるせえな。気になるんならその辺見てこいよ」

「かったりいよ。寒いしよ」

「ああ」

ヒロはこたつで背を丸めた。「ホント、かったりいよな」

あと一歩というところで前へ進めなくなった。膠着《こうちゃく》状態。代々木署内に設けられた捜査本部は、すでに二期目に入っている。一期が二十一日だ。疲れ果てた捜査員たちは、苛立ち、焦《あせ》っていた。捜査本部に当てられた会議室の中には、体育会の部室のような臭いが満ちている。汗と煙草《たばこ》、そしてストレスのたまった人間が発する独特の体臭。

樋《ひ》口顕《ぐちあきら》は、小隊を引き連れて代々木署の捜査本部へ乗り込んできていた。樋口小隊――警視庁捜査一課強行犯第三係だ。彼らの顔にも疲労と焦りが滲《にじ》んでいる。顔色が悪く、脂が浮いていた。

代々木署管内で四件に及ぶ連続コンビニ強盗事件が起きた。犯人は複数で、少なくとも三人が確認されている。いずれも若い男性。おそらく少年だ。確実に犯人を追い詰めていたはずだが、ここにきてまったく進展がなくなった。

犯人グループの一人と思われる人物の身柄を押さえたという知らせが、どんよりとした捜査本部の空気を吹き飛ばした。

捜査員たちは、一斉に活気づいた。疲れ果てていたはずの彼らが別人のように快活に動きはじめた。声も大きくなる。淀《よど》んだ空気が一掃された。代々木署に容疑者の身柄を移し取り調べが行われる。容疑者はすぐに自供をはじめ、仲間の所在もしゃべった。

「捕り物だ。樋口さんも行ってくれ」

捜査本部副主任の代々木署刑事課長が言った。

残りの犯人グループは、東京都多摩市内のアパートに潜伏しているという。樋口はすぐさまその場にいた捜査員をかき集めて代々木署を後にした。

残る犯人は二人。彼らが潜んでいるのは木造モルタル二階建ての安アパートだった。二階の右から二つ目の部屋だという。樋口は、捜査員たちを裏口や付近の辻々《つじつじ》に配置し、二人を連れて階段を昇った。

ドアの脇に立つ。ついてきた二人の捜査員のうち、一人は樋口小隊の部下だ。もう一人は代々木署のベテラン刑事だった。

二人に目配せをしてからドアを叩《たた》いた。返事はない。しかし、明らかに人の気配がする。樋口はもう一度ドアを叩いた。

「開けてください。警察です」

樋口が言った。警察であることを告知するのは突入の予告でもある。大家から借りた合鍵《あいかぎ》を差し込みドアを開ける。アメリカの刑事ドラマのようにハンマーでドアを叩き壊すのが好きな捜査員もいるが、それは樋口のやり方ではなかった。

ドアを開けた瞬間、スパナが飛んできた。一人が突っ込んでくる。玄関先についているほの暗い蛍光灯の光を反射して何かが光った。

樋口は咄嗟《とっさ》に身を翻《ひるがえ》した。飛び出してきた男は大振りのナイフを持っていた。樋口小隊の部下がその腕に飛びついた。樋口は尻餅《しりもち》をついている。部下が男の腕をドアフレームに叩きつけている。二人とも訳のわからないことを口走っている。

ナイフが落ちた。だが、部下は男に髪をつかまれ首をのけ反らせていた。樋口は立ち上がり、狙《ねら》いすまして男の顔面に一発見舞った。それでも手を離さない。さらに一発。

樋口小隊の部下がようやく自由を取り戻し、相手の肘《ひじ》を逆に決めた。

「係長《ハンチョウ》、早く！」

樋口は、ナイフ男の手首に手錠を叩きつけた。くるりと金具が回転し、しっかりと手首に食い込んだ。

代々木署の刑事は部屋の中に踏み込んでいた。揉《も》み合いの音がする。次の瞬間、彼の大声が聞こえた。

「逃げた！　逃げたぞ、窓からだ！」

樋口は、無線のトークボタンを押して言った。

「裏手の窓から逃走。繰り返す。被疑者は窓から逃走した」

窓の下は芝生になっており、その向こうにコンクリートブロックの塀がある。揉み合う音がした。

「こいつを頼むぞ」

樋口はナイフ男を、二人の刑事に任せて階段を駆け降りた。アパートを回り込んで窓の下に来ると、捜査員が一人倒れていた。

助け起こすと、顔面を押さえて畜生と吐き捨てるように言った。押さえている手の指の間から血があふれ出している。鼻梁《びりよう》を折られたようだ。

「状況は？」

「塀を乗り越えて逃げました。一人が追っています」

樋口は状況をトランシーバーで流すと、鼻血をしたたらせている捜査員に言った。

「警察官の勲章だな。男前が上がるぞ」

通りへ出ると、最初の辻で揉み合っているのが見えた。二対一。明らかに逮捕の現場だ。

一人がきれいな柔道の技で投げた。そのまま手錠を掛けるのが見えた。

よし……。

樋口は心の中でガッツポーズを作っていた。

近づくと、容疑者を見事な技で投げ、手錠を掛けたのは若い捜査員だった。

「よくやった」

樋口はその捜査員に言った。「見事な払い腰だった」

次々と捜査員たちが駆けつける。二人の容疑者は別々にパトカーに乗せられた。

「これで二度目です」

そういう声が聞こえて樋口は振り向いた。二人目の犯人をお縄にした若い捜査員が立っていた。

「二度目？　何のことだ？」

「ほめていただいたのが、です」

「そうだったか？　君はええと……」

「代々木署地域課の安達《あだち》弘と言います」

「地域課……？　そうか、捜査本部に吸い上げられたのか？」

「有意義でした」

「前に私がほめたって?」

「そうです。三件目の事件の際に……。西原のコンビニの現場で犯人がカウンターにつけたナイフの傷を、自分が指摘したときのことです」

「思い出した」

その傷のことを最初に言いだしたのは、たしかにこの若者だった。後に、それは犯人が従業員を脅す目的でナイフを叩きつけたためにできた傷であることが確認された。慎重に調べたところ、ナイフの破片が残っていた。破片からナイフの銘柄が特定され、結果的には犯人の割り出しにおおいに役立ったのだった。

「いい集中力だ。刑事になりたいのだったら、適性はあると思う」

「刑事を志望しています。捜査本部で捜査員として仕事ができたことも有意義でしたが、それだけではありません。樋口係長とお仕事ができたことが、自分にとってたいへん有意義でした」

「私なんぞはごく普通の刑事だ」

樋口は急に居心地が悪くなったように感じた。またしても、自分を買いかぶる人間が現れた。そう感じたのだ。「手本にすべき刑事は他にいくらでもいる」

「いえ、自分は樋口係長を手本にしたいと思います」

樋口は目をそらして曖昧《あいまい》につぶやいた。

「まあ、頑張るんだな……」

冬の抜けるような青空は、気温の低さを物語っている。北風が路地を吹き抜けていった。

彼は、安達弘と名乗った巡査に背を向けて覆面パトカーのほうに歩きだした。


新たに逮捕された二人も相次いで犯行を自供した。捜査本部は解放感に包まれたが、それも束《つか》の間《ま》、刑事たちには山のような書類作りの仕事が残されていた。送検のための書類と資料作りだ。手分けしても夜中までかかった。ようやく一段落し、捜査員たちは茶碗酒《ちゃわんざけ》で乾杯した。

「注がせてください」

安達巡査が、一升瓶を持ってやってきた。

「ああ……」

樋口は茶碗を差し出した。

後輩が先輩に酒を注いで歩く。これは警察ではごくありふれた光景だ。だが、樋口はこうした体育会的な風習が好きではなかった。縦社会の象徴であり、時にはその体質のせいで合理性を欠くことになる。

「まったく腹が立ちます。あいつらは人間の屑《くず》です」

「犯人たちのことを言っているのか？」

「ええ。あいつらは、べつに生活に困っていたわけじゃない。そこそこ収入のある家庭で育ち、何不自由のない生活をしていたくせに、勝手に高校を辞め、家を飛び出したんです。働きもせず、毎日面白おかしく暮らしていたんです」

安達は心底腹を立てているようだった。樋口はその激しい感情に少しばかり面食らった。

「経済的には不自由していなくても、精神的に不自由しているということもある」

「樋口係長は若者に理解があるんですね」

「そういうことじゃない。誰にでも言い分があるということだ。子供たちの精神がすさむのは大人にも責任がある」

「だからこそ、女子高生の無実を証明できたんですね」

かつて樋口が担当した中にそんな事件があった。援助交際をしている女子高生に連続殺人の容疑が掛けられたのだった。

「そんなことを知ってるのか？」

「もちろん知っています。自分が係長に関心を抱いたのは、あの事件がきっかけです。また仕事でご一緒できる機会があればいいのですが……」

「機会はあるさ。君が刑事になればな」

「はい。そのように努力します」

そのように努力します、か……。

樋口は、この若い巡査に同情した。彼は、そういう返事が望ましいと信じているのだ。本音はもっと微妙なものに違いない。刑事課を志望したとしても配属されるとは限らない。充分にわかっているはずだ。

だが、もし、刑事になるつもりはありますが運任せですね、などとこたえたら上司からよくは思われない。警察というのは軍隊にも似た縦社会だ。それに現場の実力主義が絡《から》み合って実に煩雑《はんざつ》な人間関係を形作っている。

「安達君だったか？」

「はい」

「初任課は、大学を出てからか？」

「いえ。高校卒業後、警察学校《ガツコウ》に入りました」

「じゃあ、地域課はかなり長いんだな？」

「はい」

「なぜ刑事になりたい？」

「刑事政策は、市民と直結した警察の最も重要な職務だと考えていますから」

「だが、刑事は出世できない。出世を望むのなら公安部か警備部を志望すべきだ」

「自分は、犯罪捜査に興味があるのです。出世には興味はありません」

「現場はテレビドラマのようにはいかんぞ。地を這《は》いずり、汚物をなめるようにして手掛かりを探すのが捜査だ。例えばこういうことだ。君はコンビニで犯人がナイフでつけたカウンターの傷を見つけた。そこにナイフの破片が残っており、その破片からナイフのメーカーが特定できた。次には犯人がそのナイフをどこで手に入れたかを突き止めなければならない。ある捜査員は、来る日も来る日も金物屋ばかりを回るわけだ」

「心得ています。捜査はあくまでも組織的に行わなければならず、個人プレーは慎まなければなりません。今回、捜査本部に参加してそれを実感しました」

まるで面接の受け答えのようだ。

樋口は、ますます彼が哀れに思えてきた。自分を押し殺すことが、警察という組織で生きていくための方策だと思い込んでいる。ある意味でそれは正しい。そのほうが人間関係が滑らかになる。

樋口は彼の本音が聞きたくてわざと意地悪な質問をしていた。だが、安達巡査はかたくなにたてまえを通そうとしていた。樋口は、安達に自分と似通ったものを感じた。一歩引くことで人間関係が円滑になるのなら、そのほうがいい。樋口はどちらかというとそう考えるタイプだった。

そんな自分に嫌気がさすことがある。

傍若無人に振る舞う同僚を見てうらやましいと思うこともあった。声高に自説を押し通そうとする同僚を見て見習うべきだと考えることもある。

警察官は、少々強引であるべきだとも思う。しかし、実際にはつい相手に合わせてしまうのだった。自説をまくしたてるより、相手の話を聞くほうに回ってしまう。

だが、驚いたことに、そうした態度が周囲からは冷静沈着で理性的だと評価される。

樋口はそうした劣等感と周囲の評価の差に、常に戸惑いを感じていた。

安達が自分を手本にしたいと言ったとき、優秀な刑事は他にいくらでもいると言ったのは、謙遜《けんそん》でもなんでもなく、掛け値なしの本音だった。

安達は樋口とは一見、明らかに違うタイプだ。樋口よりずっと快活に見えるし、積極的に話しかけてくる。

なぜ自分と似ていると感じるのか。

話してみてようやくわかった。

安達は決して本音をしゃべろうとしない。快活に話しかけてはくるが、その内容はあらかじめ用意されたもののようだ。唯一《ゆいいつ》例外は、犯人たちへの憎しみを露《あらわ》にした瞬間だけだったような気がした。

演じている。極端な言い方をすれば、仮面をかぶっているのだ。

それは、樋口のある部分と共通している。自分自身で好きではない弱気な部分と……。

夏「今夜はご家族と過ごせませんでしたね」

「家族と……？」

「クリスマス・イブですよ」

朱「ああ、そうか。忘れていた。だが、刑事にはクリスマスも正月も関係ない」

「係長は、ご家族を大切にされていると聞いています。娘さんはきっとお帰りをお待ちになっているでしょう」

家族を大切にしてるだって？　いったい誰からそんなことを聞いたんだ？

家族には迷惑を掛けどおしだ。所轄《しょかつ》ほどではないが、捜査本部《チョウバ》が立つと帰宅時間はひどく不規則になる。帰れない日も多い。家庭でくつろいでいるときに、電話で呼び出されて飛び出していくこともしばしばだ。

家族サービスなど望むべくもない。それでいて、給料は決して高いとは言えない。

「誰だってそうだが、家族のことはなかなか思うようにはいかない。特に警察官はそうだ」

「なぜです？」

「うまく言えないが、職務で背負うものが大きすぎるのかもしれない」

「社会的な責任ですか？」

「それだけじゃない。犯罪と関わるということは、人生そのものと関わるということだ。その事実の重さに押しつぶされそうになることもある」

「家庭はそれを癒《いや》してくれないのですか？」

「君も結婚して家庭を持つとわかると思うが、どこの家庭にも何かしら問題があるものだ。外から疲れきって帰ってきた亭主は、さらに家庭の問題に直面しなければならない」

「でも、係長の家庭はうまくいっているのでしょう？」

「私の家庭のことが気になるのか?」

「はい。自分は係長のあらゆる点を手本にしたいのです」

「人は一人一人違うものだ。すべてを手本にすることなどできない」

「そうでしょうか」

「君こそ、クリスマス・イブを一緒に過ごすような相手はいないのか?」

「いません。彼女を作る暇などありませんよ」

「暇の問題ではないと思うがな……」

「なかなかそうはいきませんよ。係長のように学生時代に相手を見つけられれば別でしょうがね……」

「そう。私はついていたのかもしれない」

樋口は、安達との会話にピリオドを打ちたくなった。酒が入り、体が弛緩《しかん》してくると、これまでの疲れがどっと全身に広がった。「さて、君の期待どおり家族の顔を見に帰るとするか」

「それがよろしいかと思います」

安達は微笑《ほほえ》んだ。その笑顔が妙にぎこちなく見えた。目上の者と話す緊張のせいだろうと樋口は思った。

町の中は若いアベックであふれていた。クリスマス・ソングが流れ、イルミネーションが輝いている。

若者たちは、そうしなければ幸せではないのだといった形の幸福を味わっていた。代々木署を出ると、京王線初台《はつだい》駅から新宿に出た。渋谷まで来る山手線の中も、若いカップルでいっぱいだった。ハチ公前には、酔った若者が集まっていた。街灯のせいで奇妙に青白い顔に見える彼らは、はしゃいでいるのだろうが、どこか現実味のない影のように見えた。彼らがどういう目的でそこにいるのか樋口にはまったくわからなかった。

ハチ公前交番の正面に若い外勤警官が立っていた。その警官は、無表情に若いカップルたちを眺めていた。達観しているようにすら見える。

樋口は、その警官にこそメリークリスマスと言ってやりたかった。

もうすぐ十一時になる。ケーキ屋など開いていない。コンビニで何かを買って帰ろうかとも思った。だがすぐにばかばかしい思いつきだと思った。

妻も娘もクリスマス・イブを自分と一緒に過ごそうなどとは思っていないに違いない。樋口はそう思った。もしかしたら、それぞれにパーティーにでも出掛けているかもしれない。

新玉川線は混んでおり、アルコールの臭《にお》いが漂っている。疲れ果てた体のサラリーマンの姿が目立つ。ぐったりとシートにもたれ、ある者は眠り込んでいる。吊《つ》り革にぶらさがるようにつかまり、痛みに耐えるような表情で俯《うつむ》いている者もいた。樋口は少しばかりほっとした気分だった。同志を見つけたような気がしたのだ。

やがて、電車はたまプラーザ駅に着いた。自宅のあるマンションに近づくにつれ、樋口は、妻と娘に対して申し訳ないと感じはじめていた。

刑事にはクリスマスも正月も関係ないという言葉は、強がりにすぎないような気になってきた。できれば、家族と一緒に過ごしてやりたかった。妻や娘が望むと望まないとにかかわらず、そうしてやるべきだったという思いが強くなりはじめる。

捕り物だったのだ。早く帰ることなど不可能だった。

コンビニで何か買おうと思ったとき、どうしてすぐにそれを実行しなかったのだろう。せめて、手土産でも持って帰れば、この気分も多少軽くなったはずだ。

エレベーターに乗り込むと、申し訳ない思いでいっぱいになっていた。今夜は何を言われても言い返すまい。樋口は、そう決めていた。

2

「お帰りなさい」

リビングまで行くと、妻の恵子がいつもと変わらない調子で樋口を迎えた。冷たくも温かくもない日常的な態度だ。リビングには娘の照美もいた。

「お父さん、ケーキ食べる？」

甘いものなど食べたくなかったが、娘の勧めを断るのが心苦しかった。

「ああ、もらおうか」

照美はケーキを切り分けるために台所へ立った。

「今日はどこかへ出掛けたのか？」

樋口は恵子に尋ねた。

「出掛けませんよ」

「クリスマス・イブだぞ」

「あら、そんなこと気にするなんて珍しいわね」

樋口は何とこたえていいかわからず、黙っていた。ケーキを小皿に載せて持ってきた照美が言った。

「今どき、イブを外で過ごすのはダサいのよ」

「そうなのか？」

「そういう時代じゃないの」

「街は若いカップルでいっぱいだったぞ」

「あたし、受験生よ」

「そうだったな……」

「あたしも急ぎの仕事があって……」

妻の恵子が言った。「二十六日までに届けなければならないの」

「翻訳の原稿か？」

「翻訳じゃなく下訳。あたしは翻訳をやらせてもらえる立場じゃないわ。翻訳家に届けるデータね」

「二人ともクリスマスどころじゃないというわけか？」

「そういうこと。忙しいのはお父さんだけじゃないのよ」

それはそうだろうがな……。

樋口は、ほっとする反面、なぜだか少しばかり淋《さび》しくなった。

家族がそれぞれに自分のことに夢中になっている。

何のことはない。安達が言っていた家庭の癒《いや》しを俺も求めているじゃないか……。

「それで、捜査本部のほうは？」

さりげなく妻の恵子が尋ねた。

「ああ、今日解散したよ」

「じゃあ、明日は本庁のほうですね？」

「そうだ」

淡々とした会話だ。恵子が事件のことや捜査の進み具合といったことに関心を持たなくなってずいぶんたつ。樋口にとっては幸いだった。家に帰ってまで捜査の報告をさせられたのではたまったものではない。

そういう気持ちは態度に出る。恵子は、樋口の態度から、自然に捜査のことを口にしないほうがいいということを学んだのかもしれない。

「お父さん、紅茶も飲むでしょう？」

照美が言った。

「なんだ、ばかにサービスがいいな」

恵子が言った。

「下心があるんですよ」

「下心？」

「そう……」

照美は言いづらそうにしていたが、やがて思いきったように言った。「スキーに行きたいの」

「スキー……？」

「そう。友達と越後湯沢に三泊四日で……」

樋口は驚いた。

「三泊四日って、学校はどうするんだ？」

「いやだ、お父さん。冬休みよ」

「おまえ、受験生だから忙しいと自分で言ったばかりじゃないか」

「だいじょうぶよ。ちゃんと勉強は計画的にやっているから」

驚きは戸惑いに変わった。なぜだか腹立たしかった。

「友達って誰だ？」

「名前を言ってもわからないでしょう？」

「どういう友達だ？」

「クラスメイトよ。女の子だけで行くの」

女の子だけだからといって安心はできない。ゲレンデやロッジ、宿泊先で男と知り合うことだってある。ナンパというやつだ。特に、スキー場では女だけのグループは狙《ねら》われやすい。樋口にだってそれくらいのことはわかる。

樋口がむっつりと考え込んでいるので、照美はあわてて説明を始めた。

「あ、友達の親戚《しんせき》が越後湯沢にあってね、いつもこの季節、遊びに行くんだって。それに便乗するのよ。だから心配ないわ」

「いや、心配だ」

樋口は言った。「若い女だけの旅行だというだけで心配だな」

「だいじょうぶだってば……」

「それに、受験のことも心配だ。スキーに行きたいのなら受験が終わってからにすればいい」

「それも心配ないってば」

どうやら、照美は難関校を狙う気などないらしい。適当な短大か何かに入ればいいと考えているようだ。樋口の高校時代は受験のためだけにあったような気がする。一流と言われる大学を志望していたので、偏差値はぎりぎりだった。大学に入りさえすればいくらでも遊べる。そう思って勉強をしていた。

だが、それがよかったかどうかはわからない。一流といわれる私立大学に入ったが、その結果が今の刑事暮らしだ。警察官になったことを後悔はしていないが、あの受験勉強の代償が今の生活だと思うと、ちょっとばかり複雑な気分になる。

照美には生きたいように生きてほしいとは思う。

しかし、高校生同士でスキー旅行へ行くというのはまた別問題だった。やはり何より娘の貞操が心配だった。スキー場にはナンパ目的の男どもがごろごろしているはずだ。

「ねえ、いいでしょう?」

「やめたほうがいいと思う」

「どうしてよ」

「とにかく父さんは反対だ」

「お母さんはいいって言ったわよ」

樋口は驚いて恵子のほうを見た。

「冗談じゃない。まだ高校生なんだぞ」

恵子は小さく溜《た》め息をついた。

「もう高校生よ」

「女の子だ」

「それがたいした問題だとは思わないわね。照美はあなたが思うよりずっとしっかりしていますよ」

「本人がしっかりしていても問題に巻き込まれることはある」

「仕事で犯罪者ばかり相手にしているからそんなこと考えるんですよ」

このひと言は癇《かん》に障《さわ》った。

「ああ、俺は犯罪者を相手にしている。だから言わせてもらえばな、誰だって犯罪者になる恐れはある。誰でもだ」

「そんな話をしてるんじゃないわよ」

照美が割って入った。

「あたし、友達に行くって言っちゃったのよ」

「父さんを丸め込めると思っていたのか。ならば、なおさら許せないな」

「そんなんじゃないわよ」

恵子が言った。

「友達との約束を破るのはよくないわ」

「約束をする前に父さんに相談すればよかったんだ」

「そうすれば、お父さん、許してくれた？」

「いや、許さない」

「スキーに行くことの何がいけないの？」

「若い頃に友達と楽しい思い出を作ることも大切ですよ」

　妻と娘は共闘している。ここが父親の権威の発揮しどころだったが、樋口はなんだか面倒くさくなってきた。疲れ果てていて議論する気にもなれない。早く布団《ふとん》にもぐり込んで眠りたかった。

「父さんは反対だ」

　樋口は言った。「だが、多数決では勝ち目はないな」

　樋口は折れた。

　照美は、ぱっと顔を輝かせた。

「行っていいのね？」

「気をつけるんだぞ。女同士の旅行にはいろいろな危険が手ぐすねをひいて待ち構えている。絶対にはめを外すな」

「わかってるってば」

うれしそうにしている娘を見るのは悪い気分ではない。だからといって、そうそう甘い顔ばかりもしていられない。甘やかすのは、照美のためにならない。

それはわかっているのだが、結局安易な結論を選んでしまった。父親は頑固なほうがいい。樋口はそう考えていた。筋を通すということが大切であることを子供に示さなければならない。

だが、頑固者でいるからには、人に嫌われることを覚悟しなければならない。それは樋口にとって最も苦手なことだった。

妻と娘に押し切られた形になり、なんだか自分の立場が惨《みじ》めなものに感じられ、樋口はその場から逃げ出すことにした。

「風呂《ふろ》に入る」

娘に味方した妻のことが、なんだか腹立たしかった。


ぐったりと疲れており、風呂上がりのビールを飲む気にもなれない。布団は敷いてあったが、妻はまだリビングで英語の辞書を引いていた。

「まだ寝ないのか？」

「言ったでしょう。急ぎの仕事があるんだって」

「そうか……」

「それよりね……」

妻は英語の辞書を閉じ、改まった口調で言った。「最近、怪しい男がこのあたりをうろついているらしいのよ」

「怪しい男？」

「そう。マンションの人の話だとね、郵便受けの前に若い男が立っていたとか、前の道から部屋を見上げていたとか……。うちには年頃の娘がいるから心配ですよ」

「その年頃の娘をスキー旅行に行かせる母親は誰なんだ？」

「その話はもう終わりよ。照美にだって楽しむ権利はあるわ」

「この先、いくらだって楽しめる」

「日本の高校生はかわいそうだわ。あたし、留学してつくづくそう思った。アメリカでは、高校生も大学生もキャンパスライフを充分に楽しんでいる」

「日本とアメリカは違うんだ」

「いいところは学ぶべきだと思うわ」

「その怪しい男の話だが、何か具体的な被害は出ているのか？」

「そういう話は聞かないわね」

夏

朱

「だったらどうしようもないな。地元の警察に言ってパトロールを強化してもらうくらいしかできることはない」

「あなた、警察官でしょう。頼んでよ」

「俺は警視庁の警官だ。ここは神奈川県警の縄張りだよ」

「何か起きてからじゃ遅いのよ」

「ああ……」

樋口はあくびをした。「そうだな。パトロールの強化を頼んでみる。それでいいだろう」

樋口は布団に入り、すぐに眠りに落ちた。


ワンルームのマンション。鉄パイプでできた安物のベッドがあり、二十九インチのテレビがある。そのテレビには、さまざまなゲーム機とビデオデッキが接続されていた。それぞれのソフトが棚にきちんと並べられていた。

部屋の中は暗く、テレビ画面の明かりが照らしているだけだ。ビデオが流れており、画面の変化によって部屋の中の色が変わった。

男はベッドに寝そべり、ぼんやりと画面を眺めている。クリスマス・イブの深夜を一人で過ごしていた。やがて、日が替わりイブは過ぎていった。ガラスの天板と金属製の脚でできた小さなテーブルの上には、飲みかけのビールの缶がのっている。

B級ホラー映画のビデオだった。巨大な虫のような宇宙生物が人に寄生してパニックを起こしていた。熱心に見ているわけではない。他にすることがないので眺めているにすぎないという風情《ふぜい》だった。

画面の色によってその顔もさまざまな色に変化している。まったくの無表情だった。彼が帰宅してから電話は一回も鳴っていない。留守番電話にもメッセージは残っていなかった。

ビデオが終わり、画面は砂嵐《すなあらし》となった。しばらく何も映らない画面を眺めていた男は、リモコンに手を伸ばしてテレビのチャンネルに切り換えた。スポーツニュースの時間が一段落して、深夜のバラエティーが始まっていた。ことさらにクリスマス気分を盛り上げようとする出演者たち。

男はすぐにテレビを消した。

そのまま暗い部屋の中で天井を見つめていた。やがて彼はのろのろと起き上がり、スタンドライトを点《つ》けると、机の引き出しからA４判の封筒を取り出した。封筒には数枚の写真が入っている。

男は大切そうに写真を取り出し、机の上に並べはじめた。なんの変哲もないスナップショットに見える。だが、カメラに視線を向けている写真は一枚もない。盗み撮りされたものであることがうかがえる。

三枚が制服姿の女子高生の写真。二枚が中年女性の写真だった。双方ともそれぞれ同一人物の写真だ。どこか似通った印象があったが、それも当然で、その二人は親子だった。

樋口恵子と照美の写真だ。

男は、二人の写真を眺め、かすかな笑みを眼に浮かべていた。


二十五日の夜、樋口は久しぶりに早く帰宅した。妻や娘と夕食を共にし、ゆっくりと話し合う時間を持とうと考えたのだ。普段、家族と話をする時間が少ない樋口の、せめてもの罪滅ぼしという気持ちがあった。

三人の夕食は実にあっさりとしたものだった。七面鳥やシャンパンを期待していたわけではない。だが、せめて恵子が晩酌に付き合ってくれてもいいのにと思っていた。

照美はさっさと食事を済ませてテーブルを離れた。恵子も一刻も早く片づけを済ませようとしている様子だった。

樋口は取り残されたような気分でビールを飲んでいた。照美は部屋に戻っていった。文句を言う気にはなれなかった。二人には二人のペースがある。それを乱す権利はない。

なんだか侵入者になった気分だった。娘も妻も樋口とは別のルールで動いている気がする。

うちなどはまだいいほうだ。

樋口は自分を慰めた。同年代の娘を持つ友人に聞くと、もっと悲惨な話はいっぱいある。年頃の娘は、父親を汚物を見るような目で見るというのだ。

小さい頃、風呂にも一緒に入ったものだが、中学生くらいから父親と口をきかなくなり、高校生になると同じ部屋の空気を呼吸するのすら嫌がるという。照美はそこまではいっていない。

冷えきった夫婦間の話もよく聞く。会話がなくなり、妻が何を考えているかまったくわからなくなる。互いに不満を持ち合っているのだが、その不満の正体がわからず苛立《いらだ》ちを感じる。だが、日常的に言い合うこともなくなる。ただその状況にじっと耐えているだけだ。溜め息まじりに、家に帰りたくないという同僚もいる。

樋口と恵子はまだ会話をするほうだろう。アルバイトとはいえ、恵子が仕事を持っているることが救いになっているのかもしれない。樋口が食事を終えると、恵子は手早く片づけを済ませ、テーブルで下訳を始めた。

リビングルームのソファに移った樋口はテレビの音が邪魔になるだろうと、新聞をめくっていたが、やがて所在なくなって恵子に話しかけた。

「間に合いそうなのか?」

恵子は、シャープペンシルを走らせながらこたえた。

「ぎりぎりってとこね。でも間に合わせなくっちゃ……」

樋口はそれ以上何を尋ねていいかわからなくなり、口をつぐんでしまった。夕刊を開いたが、何度も読み返すほどの記事など載っていない。

恵子がふと気づいたように言った。

「テレビくらい点けたっていいんですよ」

「気が散るだろう?」

「平気ですよ。慣れてますから」

恵子の集中力は昔からなかなかのものだった。樋口はテレビのスイッチを入れ、次々とチャンネルを切り換えていった。若者向けのドラマとバラエティー。テレビはいつからこんなにつまらなくなったのだろう。

樋口はぼんやりとそんなことを考えていた。

テレビが変質したのか、それとも私が年を取ったのか……。

樋口の側に理由があることも確かだった。若い頃は、アイドルが出るドラマも、バラエティーも、それなりに楽しんでいたような気がする。

それに、テレビには多分に習慣性がある。毎日見つづけていると、それほどつまらないとは思わないようになるのだろう。

だが、番組の側に問題があるのもたしかだ。昔はテレビ番組は茶の間で家族そろって見るものだった。だが、今は家族一人に一台の時代だ。パーソナルメディアとなったテレビの番組は、必然的に変質してくる。

テレビは茶の間から個室へ入り込んだのだ。そして、若い女性中心の番組作りがなされるようになった。視聴率のことを考えるとそれは当然のことかもしれない。

しかし、樋口はそこでもかすかな疎外感《そがいかん》を覚えた。

私たちには見るべきテレビ番組すらない。

それでも他にすることがなく、テレビを眺めているしかなかった。

ひとりぽつねんとテレビを見ていて、樋口は淋《さび》しさよりも安堵《あんど》を覚えていた。無理に家族と話をしなくて済む。これはこれで気が楽だった。

娘も妻もやるべきことを見つけ、それに取り組んでいる。何も悲観することはない。疎外されることの安堵感。それが今の家庭の実情かもしれない。

いつしか樋口はそれ以上のことを家庭に期待しなくなっていた。誰でもそうだろう。樋口はそう思った。ホームドラマやコマーシャルに登場するような団欒《だんらん》を、現在どれだけの人が味わえるだろう。

団欒という言葉自体が死語になりつつある。そして、無理に団欒を求めれば、今よりずっと大変な軋轢《あつれき》を生むことになるに違いない。

家庭などというのは、家族が寝泊まりするだけの場所でいい。樋口はそう思うことにした。そのほうが気が楽だった。妻も、たまたま一緒に住んでいるにすぎない。いないとひどく不便な思いをする。おそらくそれだけの存在だろう。

恵子が長く家を空けたことはこれまでに一度もなかった。帰れば家にいるのが当たり前。それだけで充分に感謝に値するのではないか……。

大学時代、恵子はアメリカに一年留学した。そのとき、樋口は狂おしいほどの淋しさを感じた。だが、今では、淋しかったというその事実を記憶しているにすぎない。恵子に対してあのときと同じ気持ちになれるとは思えなかった。

諦《あきら》めこそが常に精神的安定をもたらす。樋口はそんなことを思い、密《ひそ》かに溜《た》め息をついた。

3

二十六日の朝早くに照美はスキー旅行に出掛けた。議論を蒸し返す気はないが、樋口は不機嫌だった。

警視庁では書類仕事が山のように溜《た》まっている。ひたすら誰かを呪《のろ》いたくなった。本庁の刑事というのは、所轄《しょかつ》に比べて書類に向かっている時間が長い。樋口は係長なので必然的に書類の量も多くなってくる。

昼食後、うんざりした気分で再びボールペンを持つと、樋口宛《あて》に電話が入った。

「樋口さんか？　氏家《うじいえ》だ」

少しだけ気分が軽くなった。氏家譲《ゆずる》は荻窪署生活安全課の巡査部長だ。安達が言っていた女子高生が容疑者となった連続殺人事件の捜査本部は、荻窪署に置かれていた。そのときに樋口と組んで捜査したのが氏家だった。

「しばらくだな。元気か？」

「相変わらずだよ。今、何かかかかえているのか？」

「書類を山ほどな」

「ということは、暇だということだな。今夜あたり、久しぶりに会わないか?」

「おまえさんが誘うのは若い女だけだと思っていたがな……」

「そういう誤解はきっちりと解いておかなければならない」

「このところ、ちょっと気分が滅入《めい》っている。一緒に酒を飲む相手としてはふさわしくないかもしれない」

「憂《う》さ晴らしに付き合ってもいい」

「誘ったことを後悔するかもしれんぞ」

「俺は自分のしたことを滅多に後悔しないんだ」

「今日は定時で上がれそうだ。どこにする?」

「渋谷で一度一緒に寄った居酒屋を覚えているか? あそこに六時でどうだ?」

「わかった」

樋口はメモに予定を書き入れ、電話を切った。

氏家と会うのは悪くない。久しぶりに楽しい時間を過ごせるかもしれない。樋口の気分はますます軽くなった。

恵子は、翻訳家の城島直己《じょうじまなおみ》に無事原稿を渡し、解放された気分で、初台一丁目の住宅地を歩いていた。

城島直己は、五十代はじめの人気翻訳家だ。恵子は大手出版社の編集者から注文を受けたが、急ぎの仕事だというので直接城島に届けるように言われたのだった。

城島はなかなか魅力的な紳士だった。せっかく来たのだからゆっくりしていきなさいと言われたが、夕食の支度があるのでと言って早々に引き上げた。

（今夜は照美もいない）

恵子は思った。（原稿も上がったし、久しぶりにのんびりできそう）

代々木警察署は初台駅のすぐ近くだということを思い出した。捜査本部が代々木警察署にでき、樋口がつい二日前まで通っていたことを思い出したのだ。

城島直己の自宅が初台だということを、樋口に話した記憶はない。話したとしても、夫はどうせ覚えていないだろうと思った。

（今日、初台に行ってきたと話したら、何と言うだろう）

人通りのない細い路地の後ろから自動車が近づいてくる音がした。恵子は、右側のブロック塀に寄ってやり過ごそうとした。

白いミニバンが通り過ぎようとして、急停車した。

恵子は顔をしかめた。

なぜこんな狭いところで停まるのだろう。

恵子は車をよけて前に進もうとした。車のドアが閉まる音がする。誰かが運転席から降りてきたのだ。

不審に思って振り向こうとしたその瞬間、首筋から激しいショックが全身を走り抜けた。ばちんという弾《はじ》けるような音を聞いたような気がする。

声を上げることもできなかった。恵子はそのまま気を失っていた。


男は、野球帽のようなキャップを目深《まぶか》にかぶり、さらにサングラスを掛けていた。マスクをしており、誰かに見られたとしても人相はわからなかった。彼は、スタンガンのスイッチを切ってポケットに入れた。

気を失った恵子を片手で支えていた。後ろから両脇《りょうわき》をかかえ、スライドドアの前まで運んだ。ドアを開けるとシートに彼女を横たえ、すぐにミニバンを出した。その間の行動は淀《よど》みなかった。一瞬の躊躇《ちゅうちょ》もなかったし、すべての動きが自信にあふれていた。さらに人気のない場所へ移動すると車を停め、後部座席に移った。

彼の大切な客はまだ気を失っている。

両手を背に回して、手首にガムテープを巻きつけた。さらに足首をガムテープで固定すると、ハンカチを口に詰め、その上からガムテープを張った。鞄《かばん》を買ったときに製品を包んでいた布袋を頭からすっぽりとかぶせる。すべてが計画どおりに運んでおり、彼は満足していた。

第一の関門は突破した。客を車に乗せるまでは問題なかった。誰にも見られていない自信があった。

次の関門は、車から部屋へ運ぶときだ。人に見られずうまく客を部屋へ運び入れなければならない。そのために、台車と空の段ボール箱を用意していた。

車が目的地に着き、男は建物のすぐ近くに車を停めた。まず台車と段ボールの箱を後ろのハッチから下ろし地面に置いた。ぐったりしている客を台車に載せ、段ボールの箱を上からすっぽりとかぶせた。

客が意識を取り戻して暴れはじめたら、もう一度スタンガンを使うつもりだった。気絶しなくてもおとなしくはなるはずだ。

玄関脇のテンキーを叩《たた》き、難なくオートロックのドアを抜ける。エレベーターで目的の部屋まで行き、台車を運び入れた。その間、誰にも会わなかった。

客を丁寧にベッドに横たえると、男は部屋を出た。ミニバンに乗り込むと、マスクとサングラスを外した。車をスタートさせるとき、男の顔に満足げな笑みが浮かんでいた。

ひどい悪夢からゆっくりと目覚めた。

泥沼の中をあえぐように不快で、一刻も早く目覚めたかった。だが、はっきりと覚《かく》醒《せい》しない。手足が動かず、金縛りにあったのかと思った。吐き気がする。

不快感がどうしても去らずに、パニックに陥りそうになった。

そして、恵子は今現在自分が目覚めているということを自覚して、実際にパニックに襲われた。手足が動かないし声も出せない。

自分がどこにいるのかわからない。頭がはっきりしてくると、自分がどういう状態なのかようやくわかった。

手足が縛られている。口の中には何かを押し込まれていた。さらに頭からすっぽりと布の袋をかぶせられていた。まだ夢を見ているのならいい。恵子はそう思った。しかし、悪夢は去ろうとしない。それが現実であることを受け入れなければならなかった。

パニックは波のように何度か押し寄せたが、次第にその波は小さくなってきた。激しく鼓動を打っていた心臓は落ち着いてきたし、呼吸も静まってきつつあった。

ようやく考えることができるようになった。恵子は、自分が置かれている状況を確かめようとした。そこは誰かの部屋だ。寒くはない。エアコンがきいているようだった。さらに彼女は地面や床に投げ出されているのではなかった。

ベッドの上だった。手触りやクッションの具合でそれがわかった。

袋をかぶらされているのでよくはわからないが、部屋は暗いようだった。

冷静になろう。冷静になろう。冷静になろう。

恵子は念じた。

どうしてこんなことになってしまったのだろう。恵子は思い出そうとした。

首筋がひどくこわばっており、そのあたりの皮膚がひりひりと痛んだ。火傷《やけど》をしたような感じだ。

唐突に記憶がよみがえった。

そうだ。あの車……。白いバン……。

あの車から降りてきた男が……。

首に何かをされたのだ。殴られたのだろうか？　いや、電気ショックのようだった。

それから後のことは何も覚えていない。気絶したのだろう。

あの男は何者だろう？

なぜ、私にこんなことをするのだろう？

相手は誰でもよかったのだろうか？　そうとしか考えられない。相手は私が誰であるか知っているはずはない。さらわれたのが自宅の付近ならいざ知らず、まったく土地勘のない初台なのだ。

何をされるか想像すると、背筋が冷たくなった。暴力を振るわれるかもしれないし、最悪の場合は殺されるかもしれない。

娘の照美ならいざ知らず、自分にこんな危険がふりかかるとは思ってもいなかった。性的な魅力では照美のような若い娘に及ばないはずだ。

夏
恵子は長い間忘れていた、性的暴力に対する恐怖と嫌悪《けんお》を思い出した。その考えは自分を絶望に追いやるだけだと気づき、なんとか考えまいとした。

ひょっとしたら、夫の仕事に関係があるのだろうか？

夫に逮捕された犯罪者が逆恨みで……。

その可能性を今考えても意味がなかった。答えはわからないのだ。

もっと役に立つことを考えよう。恵子は自分に言い聞かせた。

朱
自分が行方不明になれば、夫が必ず手を打ってくれる。
その考えはなかなか効果があった。目覚めてから初めて安堵《あんど》を感じた。

そうだ。夫は警察官だ。それも警視庁の刑事だ。きっと私を捜し出してくれるに違いない。

だが、何の手掛かりもなしでは捜索が無理なことも心得ていた。

何か手掛かりは残してきただろうか？

必死に思い出そうとした。

二十六日に原稿を渡さなければならないということは話した。だが、相手が誰でどこに住んでいるかは話していないと思う。

夫はなんとか突き止めてくれるだろうか？

それには手掛かりが必要だ。

私が初台に来たということを知っている人はいないだろうか？

担当の編集者なら知っている。だが、夫はその編集者を知らない。何かメモが家に残っているだろうか？

何一つ確かなことがなさそうな気がしてきた。

誰か、私が初台に来たことを知っている人はいないだろうか……。

照美には、翻訳家、城島直己の名前を告げたことがあるような気がする。しかし、夫は照美に連絡を取るだろうか？

そのとき、ふいに恵子は思い出した。

十日以上前のことだ。彼女は、警察官と立ち話をした。そのとき、二十六日に城島直己の家を訪ねると話した。

それは一筋の光明のように思えた。相手は警察官なのだ。そして、相手は夫の名を知っていた。

立ち話することになったのも、顔見知りだったからだ。そのさらに一週間ほど前、打ち合わせのために初めて城島の家を訪ねた。そのとき、道を訊《き》くために交番に寄った。道を教えてくれたのがその警察官だった。

警官は親切に案内してくれ、世間話をした。そのときに、夫も警察官だと言った。樋口の名前を出すと彼は夫を知っていると言った。

二度目に会ったときは、道で後ろから声を掛けられた。

「やあ、城島さんのお宅へ行かれたのですか?」

彼はそう言った。

「ええ、今帰りなんです」

恵子はそうこたえた。「今度は二十六日。最後の締め切りなんです」

「じゃあ、二十六日にまた城島さんのお宅へ行かれるのですね?」

「そう。夕方までには届けてほしいと言われていて……」

「たいへんですね。では気をつけて……。ご主人によろしく……」

会話をはっきり思い出した。相手はなかなかさわやかな青年で、いかにも真面目《まじめ》そうだった。

夫がなんとかあの警官にまでたどり着いてくれれば……。

鍵《かぎ》を差し込む音がして、恵子はびくりと体を硬くした。

ドアが開き、誰かが入ってくる足音がした。今入ってきたのが夫で、これが何かの冗談であればどんなにいいか……。

しかし、夫とはまったく別の声が聞こえてきた。押し殺したような、くぐもった声だった。

「ああ……。窮屈な恰好《かっこう》で失礼しました。今、楽にしてさしあげますよ」

まず袋を外された。

「ちょっと痛いかもしれないので、我慢してください」

口に張ったガムテープが勢いよく剝《は》がされた。口の中から布を引き出す。

恵子は、上目遣いに相手を睨《にら》んだ。そして、思わず小さな悲鳴を上げた。

ひどくグロテスクな顔をしていた。だが、すぐにそれがやわらかなゴムでできたフランケンシュタインか何かのマスクであることがわかった。相手は、人相を知られないためにマスクをかぶっている。

「申し訳ないが、手足はしばらくそのままにさせてください。あんたをまだ信用しているわけではないので……」

恵子は何も言わずゴムのマスクを見つめていた。男は静かな声で言った。

「さあ、お話をしましょうか」

「……で、何があんたを滅入《めい》らせているんだ？」

生ビールの大ジョッキの一杯目を空けたところで氏家は急に口調を変えて言った。

「たいしたことじゃないし、人に話すようなことじゃない」

「それがあんたの悪い癖だ」

「悪い癖？」

「何でも自分で片づけようとする。問題を自分の中だけに抱え込んじまうんだ。あんたはそれを大人のやり方だと思っているのかもしれないが、俺に言わせりゃ人を信用していないだけのことだ」

「信用していないわけじゃない。個人的なことだから、他人は興味ないだろうと思ってな……」

「他人が興味を持たないだろうと思うのは、あんたが他人に興味を持っていないからだ」

「なかなかの心理学者じゃないか」

「そうさ。実地の心理学を学ぶのは刑事だけじゃないんだ。話してみろよ」

「つまらん話だぞ」

「つまらんかどうかは俺が判断する」

樋口は迷った末に話しだした。

「娘がスキー旅行に行くと言いだしてな……」

「スキー旅行？」

「女の子同士で行くというんだ。三泊四日。越後湯沢だと言っていた」

「それがどうかしたのか？」

「私は反対だった。娘はまだ高校生で、なおかつ受験生だ」

「本人が行きたいと言うんだからいいじゃないか。受験勉強など本人の問題だ」

「女の子同士で旅行するというのも抵抗があった」

「なぜだ？」

「危険じゃないか」

「危険？　何が？」

「スキー場にはナンパ目当ての若い男たちがいっぱいいる」

「なるほど、娘の貞操の危機というわけか？」

氏家は笑った。「そりゃあ、嫉妬《しっと》だな」

「嫉妬だって？」

「そう。父親は年頃の娘に憧《あこが》れに似た愛情を感じる。他の男に手を出されるのが悔しいんだ」

「そんなことはない。親として心配するのは当然だろう」

「そういう問題じゃないな。だからあんたは苛立《いらだ》っているんだ。娘というのはな、男として永遠に手の届かない愛情の対象だ。そして、男というのはつれなくされればされるほど燃え上がるわけだ」

「おまえさんの言っていることはおかしい。親子の関係を勘違いしている。おまえさんには娘がいないからそんなことが言えるんだ」

「俺は心の深いところでの話をしているんだ。普段は自分でも気づかない深層心理の話だ」

「素人《しろうと》がそういう話をするもんじゃない」

「俺が大学で心理学を学んだという話はしなかったっけな？」

「おまえさんのことだ。どうせ真面目に勉強などしなかったんだろう？　合コンに明け暮れていたんじゃないのか？」

「信じないかもしれないが、大学時代、俺は優等生だった。卒業のとき、ゼミの教授に研究室に残れと言われたよ」

意外な話だった。

だが、冷静に考えてみれば不思議はなかった。氏家は、ちゃらんぽらんに生きているように見える。常に皮肉な笑いを浮かべているような男だ。

しかし、無前提に世の中を斜《しゃ》に見ているわけではなさそうだった。彼は、たしかに人々をじっと観察している。そして、洞察する。その結果、皮肉な笑いを浮かべるしかなくなるのだ。

「当然、女房もスキー旅行などに反対すると思っていた。だが、女房は娘の側に回った」

「なるほど、それが面白くないわけか？」

「面白くないな。娘に何かあってからでは遅いんだ」

「奥さんのほうが娘さんを信用しているというわけだ」

「言っただろう？　娘はまだ高校生だ」

「高校生なら高校生なりの分別は持っているさ。スキー場にはナンパ目当ての男どもがたくさんいるとあんたは言った。たしかにそうだ。だが、その連中が女をものにする確率などたかが知れている。なぜかわかるか？　女にその気がなければ簡単に肉体関係など持てないんだよ。女がしっかりしていれば、声を掛けられたところでどうってことはない。もっと娘さんを信じたらどうだ？」

「心配なんだよ」

「だから、それは男としての愛情だよ。親としての愛情じゃない」

「昨日は早く帰った。クリスマス・イブまで捜査本部《チョウバ》が立っていたんだ。ずっと遅かったんでな。久しぶりに家族と夕食を一緒に摂《と》ろうと思った」

「だめだったのか？」

「いや、一緒に飯を食ったよ。だが、それだけだった」

「いいじゃないか。一緒に飯を食うのが目的だったんだろう。ならばその目的は達したんだ」

「そういうことじゃなくて……」

「テーブルを囲んでいろいろな話をしたかったのか？　まるでテレビのホームドラマみたいに。仲のいい円満な家族を演じようとしていたんだ」

「身も蓋《ふた》もない言い方だな……」

「だが、そうなんだろう？」

「家族なんだから、それを望んでいけないということはないだろう」

「俺に言わせりゃ、薄気味悪いね。家族なんて、生きてりゃそれでいい」

「おまえさん、誰かと一緒に暮らしているのか？」

「独り暮らしだよ」

「そうだろうな」

「どうせ、俺たちは仕事のせいで家族を大切になどできない。人生、あれもこれもというわけにはいかないんだ。仕事が面白くてしょうがないやつは、どうしたって家族をないがしろにしがちだ。家族を一番に思うやつは、仕事の上ではなかなか成功はしない」

「そんなことはない。家庭も大切にしてちゃんと仕事をしている人間はたくさんいる」

「俺が言っている仕事というのは、給料をもらうための仕事のことじゃない。自分のアイデンティティーを懸ける仕事だ。つまりそれには遊びも含まれる」

「言ってることがよくわからないな」

「例えば、俺たちは給料分だけ働いているわけじゃない。給料分だけでいいとなったら、捜査本部などたちまち機能停止しちまうよ。それぞれの理由で給料以上の仕事をしているんだ。あんたみたいに使命感が理由の場合もあるし、俺みたいにただ面白いからやってるやつもいる」

夏

「私は使命感などで働いているわけじゃない」

「あんた、自分で気づいていないのか？　それとも照れ隠しでそんなことを言っているのか？」

「本当にそう思っているだけだ」

朱

「間違いなくあんたは使命感で動いているよ。でなきゃ、捜査本部の全員を敵に回して女子高生の容疑を晴らしたりできない」

「そんなに上等なもんじゃないさ」

「仕事にも使命感を持つ。家族にも使命感を持つ。その板挟みで苦しむんだ。誰かがあんたを遊びに誘ったとする。そうすると、あんたは使命感で遊びに付き合うんだ」

「何だ、その使命感で遊びに付き合うっていうのは？」

「世の中のことを知らなければ捜査はできない。遊ばないと世の中のことはわからない。あんたは、捜査の一環として遊ぶんだ。あるいは、誘った人に対して使命感を持つ。いいかげんな対応ができないんだ」

「誰だって、多かれ少なかれそうじゃないのか？」

「そうじゃない。俺は、面白いから仕事をやっているだけだし、遊びたいから遊ぶんだ」

「私が思うに、世の中、おまえさんのような人間のほうが少数派だよ」

「あんたがそう思い込んでいるだけだよ」

「そんなことはないと思うがな……」

「あんたは、奥さんや娘さんが食卓を囲んで楽しく会話をすべきだと思った。それが、奥さんや娘さんの自分に対する使命だと思ったわけだ。だが、奥さんにしてみればそんな義務はないし、娘さんにしたってそうだ。それぞれにやるべきことはあるし、それは望ましいことじゃないのか？」

「私もそう思っているさ」

氏家は、意味ありげな笑いを浮かべて樋口を見た。

「何だ？　私が何か変なことを言ったか？」

「そう思っているんじゃなく、そう思おうとしてるんだ」

樋口は溜《た》め息をついた。

「いけないか？　おまえさんは知らないだろうがな、結婚生活というのは努力が必要なんだ。自分をだまし、説得する努力だ。これでいいんだ、これでいいんだと毎日自分に言い聞かせる。それができないと結婚生活など維持できない」

「それはわかっている。その自信がないから俺は結婚しないんだ」

「だが、独りでいるほうが辛《つら》いことがある。トータルするとプラス・マイナス・ゼロだと思うよ」

「俺はプラマイ・ゼロなら今のままのほうがいい」

「だが、子供ができる。子供は明らかにプラスだよ」

「その子供がまた悩みの種になるんだろう？　なんで、みんなそんな苦労を自ら買って出るのか理解できないよ」

「いいか？　社会というのは、そういうふうにできあがっているんだ。子供を作り立派に育てるのは、人間の義務だと私は思う」

氏家はまたしても皮肉な笑いを浮かべた。

「俺は生活安全課だぞ。世の中で立派に子供を育てられないやつや、立派に育たなかったやつばかり見てきた」

「生き方の問題だな」

「そうだ。生き方の問題だ。あんたは、自分の生き方を貫いているつもりでいる。だが、そうして悩んでいる」

「どういう生き方をしたって悩みはつきものだ。そうだろう?」

「あんたは奥さんを愛しているのか?」

「何だって?」

「どうして一緒に暮らしているんだ?」

「どうしてって……。夫婦だからな……」

「離婚するやつは大勢いるし、別居しているやつもいる」

「べつに別居や離婚の理由がない」

「今でも奥さんを抱いているのか?」

樋口は驚き、戸惑った。

「いや、ほとんどないな」

「奥さんに欲情することはあるか?」

「ない」

「いつからなくなった？」

朱「そういうことを訊《き》くのは、おまえさんが結婚に興味を持っている証拠だな」

「興味はある。したいと思わないだけだ。質問にこたえろよ」

「実はな、結婚が決まったときから性的な興味はあまりなくなった」

「結婚する前からか？」

夏「そうだ。だから、私は甘い新婚生活などと言っているやつの気がしれない」

「いいな。ようやくあんたの本音が聞けたような気がする」

「私は、男なら誰でもそうだと思っている。多分、どんなにいい女を女房にしたところで、結婚して何年かたてば性的な興味などなくなる。可憐《かれん》な乙女も一緒に暮らしているうちに、立派なカカアになっていくわけだ。だが、勘違いするな。それは愛していないということじゃない。別の形の愛情が生まれる」

朱「それだけで男が満足できるもんか」

「満足はしない。だが、諦《あきら》めることはできる」

「それで男は浮気をする。妻も夫がかまってくれないからといって浮気をする。あんた、浮気は？」

「冗談だろう」

「何が冗談だよ。俺にしてみれば、浮気をしない男なんて信用できない」

「おまえさんは、東京という大都会の独り暮らしにすっかり毒されているんだ。街の中は刺激が絶えない。自分を見失っているのかもしれないぞ」

「あんたがその都会の刺激とやらに遭遇したときにどうなるか、試してみたいな」

「どうってことないさ」

「面白い……」

氏家は、ジョッキのビールを飲み干した。「まだ時間は早い。これから俺に付き合えよ」


氏家につれてこられたのは、六本木の防衛庁向かいのビルにあるキャバクラだった。樋口もキャバクラがどういうところかくらいは知っている。若い女性が酒の相手をしてくれるだけだ。キャバレーのような時間制の料金体系で、クラブの雰囲気を味わえるというのがその名の由来だと聞いている。

従業員が席まで案内する。店の造りは落ち着いていた。それぞれの席がソファの背もたれで区切られるような形になっている。

樋口よりはるかに年上の中年二人連れの客が一組、あとは若い男が多かった。一人の客も目につく。

二人のホステスがやってくると、氏家は慣れた態度で話しかけた。どうやら、片方のホステスと馴染《なじ》みのようだ。

樋口を挟むように二人のホステスが座った。

右側がミホ。長い髪を茶色に染めている。すばらしく肉感的だった。眼が大きい。こちらが氏家のお気に入りのようだった。左側がチエリ。やせ型だが脚が美しい。こういう店は贔屓《ひいき》の娘がいるからこそ楽しいのだ。ミホもチエリも照美とそれほど年が違わないようだ。

氏家はゆったりとくつろいでいるが、樋口は落ち着かない気分だった。

なるほど、と樋口は氏家を見て思った。

これがこいつの情報収集というやつか……。

いきなり、音楽が変わって店内が暗くなった。

ショータイムか何かかと思ったら、隣のチエリが身を寄せてきた。

「何だ……?」

「触っていいんですよ」

チエリは実にあっけらかんと言った。

「触るって……」

「指入れるのはなしね。あとはどこでも」

細身だと思っていたが、その体は若いだけあって弾力がありしなやかだった。

樋口はおずおずと手を這《は》わせていった。短いチョッキのようなコスチュームの下には何も着けていない。

（まいったな……）

氏家は、馴染みのミホと楽しそうにやっている。

何もしないと、かえってチエリに悪いような気がした。樋口は、ぎこちなく体をなでた。チエリがかすかに息を弾ませはじめた。体温が高まり、香水の臭《にお》いがきつくなる。

身を寄せていると汗をかくほど暑かった。

なるほど、氏家の言うとおりかもしれない。

樋口は思った。

ここでも私は、相手に気をつかっている。

「ああいう店ならそうと最初に説明してくれ」

キャバクラを出ると樋口は氏家に抗議した。

「説明したら、あんたはあらかじめ、ああだこうだと対処の方法を考えるだろう。それじゃ面白くない」

「なんてやつだ……」

「感想はどうだ?」

「どうもこうも……」

「少しは男としての気分がよみがえったか?」

「こんなことで男を証明したいとは思わんよ」

「若い女は男のエネルギー源だ」

「俺には妻も娘もいる」

「まあいい。さて、明日のためにアルコールを少し抜いておくか。もう一軒付き合ってくれ」

次に氏家が案内したのは、六本木から麻布に少し下ったあたりにある健康ランドだった。

「今度もフウゾク絡《がら》みか?」

「いや、サウナで汗を流すだけだ」

樋口を驚かせたのは、夜の遅い時刻にもかかわらず、健康ランドが賑《にぎ》わっていたことだ。圧倒的にサラリーマン風の客が多い。裸になっても、刑事である樋口にはだいたい素性がわかる。

彼らは、ごろごろと、ところかまわず床に寝そべっている。熟睡している者もいた。

「たまげたな……」

樋口は氏家にそっと言った。「この連中は何なんだ。そろそろ終電の時間だ。さっさと家へ帰ればいいものを……」

「帰りたくないんだ」

「何だって？」

「家に帰っても居場所がない。奥さんとも子供ともうまくいっていないのかもしれない。とにかく、最近はこういうところに寝泊まりしているサラリーマンがたくさんいる」

「家に帰らないと、家族との溝が深まるばかりだ」

「もはや溝を埋める段階じゃない者もいる。疎外感《そがいかん》に堪えられないんだ。会社に出ればそれなりの存在価値がある。だが、家にはまったくない。そうなっちまっているんだよ、今の世の中は……」

「しかし……」

家庭に父親の居場所がないというのは、話には聞いていた。だが、事態がここまで進んでいるとは思ってもいなかった。

樋口は、言葉が見つからなかった。


氏家が何を言おうとしていたのか、帰りの電車の中でずっと考えていた。結局、結論は出なかった。たまプラーザへ帰る最終電車だった。

複雑な気分のままドアのノブを回した。鍵《かぎ》が掛かっている。用心のために常に施錠しておけと言ったのは樋口だった。

鍵を取り出して解錠した。

明かりが消えていた。

妻はもう寝ているのだろうか。できるだけ足音を立てぬようにリビングに向かった。

明かりを点《つ》ける。

さむざむとした違和感がある。何かおかしい。人の気配がしないのだ。隣の部屋で寝ているにしろ、人がいればその雰囲気がある。

テーブルの上には食事の用意もなかった。どんなに遅くなっても、何か置いてあるのが常だった。

夕食のための煮炊《にた》きをした匂《にお》いというのは、その日一日残っているものだ。それも感じられない。

襖《ふすま》を開けた。

布団《ふとん》も敷いていない。

「おい、母さん」

樋口は呼んだ。

それから、それぞれの部屋を見て回った。トイレ、風呂《ふろ》、照美の部屋……。

恵子はどこにもいなかった。

4

まずはじめにやってきたのは怒りだった。どうして留守にしているんだ。照美がいないからといって羽を伸ばしているのだろうか？

書き置きの類《たぐい》がないかどうか探し回った。そして、そのばかばかしさに気づいた。探し回らなければならない書き置きなど意味がない。

留守番電話を見たがメッセージは残っていない。

夕食の支度もせず、書き置きもせず、いったい何をしているのだろう。友達のところへでも行っているのだろうか？

心当たりに電話をしてみようと思った。そして彼は戸惑ってしまった。

恵子がどんな友人と付き合っているのかまるで見当がつかないのだ。共通の知り合いはいる。だが、それはむしろ樋口の友人だった。大学時代の同級生とはすでにあまり付き合いがなくなっている。恵子がまだ彼らと交流しているとは思えない。

電話しようにもどこへ電話していいのかわからないのだ。樋口は、妻のことを驚くほど知らないのに気づいた。

自分がいないときに誰と会っているのか。最近親しくしているのは誰なのか。どんなことに興味があるのか……。

翻訳のアルバイトが忙しいのは知っていた。だが、どんな作品を翻訳しているのかなどまったく知らない。

恵子の仕事関係もほとんど知らなかった。話を聞いたことがあるような気がする。だが、樋口はいつも疲れ果て、あるいは捜査のことで頭がいっぱいで、ずいぶんと長い間まともに話に付き合ったことなどなかった。

氏家が言うのももっともだ。

ようやくそれがわかった。家族で話をするという習慣がなくなったのは樋口自身のせいなのだ。自分でその習慣を壊しておいて、気分が向いたときだけ家族に会話を求めるというのはなんとも虫のいい話だ。

（まさか実家に帰ったのではあるまいな……）

照美がスキー旅行へ行くと言いだしてから、樋口は不機嫌だった。そんな樋口を見ている妻も面白くないはずだった。恵子の機嫌のことまで気にしていなかった。

私に愛想を尽かして実家へ帰ったということはないだろうか？

その兆候はまったくなかった。

しかし、照美が旅行へ出掛け、自由になったとたん、何もかも投げ出したくなったということはあり得る。

人間が周囲の想像もしない行動に出るものだということは、職業柄よく知っていた。

樋口は時計を見た。すでに深夜零時を過ぎている。恵子の実家に電話をするには遅すぎる。実家は福岡にあり、義理の両親だけで住んでいるのだが、年寄りの生活なので就寝時刻がやけに早い。九時を過ぎるともう寝てしまうことが珍しくない。

今夜中にもし連絡がなければ、明日の朝に電話してみよう。

樋口はそう思った。

怒りの次にやってきたのは不安だった。独り取り残されたような気がしてきた。このまま妻が行方をくらましてしまったらどうなるだろう?

照美は何というだろう?

そして、警視庁内の自分の立場は……?

保身を考えている自分に気づいて悲しい気分になった。

その次にやってきたのは心配だった。ようやく、妻の身に何かあったのではないかと考えはじめたのだ。

やがて、怒りや不安よりも心配がずっと大きく膨らんだ。居ても立ってもいられない気分になった。

　これまで恵子が、何も言わずに家を空けたことなどなかった。結婚して二十年近くになる。もちろん喧嘩《けんか》したことだってある。だが、家を出ていったことなどない。どんなところに出掛けるにも必ず連絡する。もはや、恵子の身に何かあったとしか考えられない。

　しかし、樋口は、待てよと思った。ひょっとしたら、ただ羽目をはずしているだけなのかもしれない。頭の片隅にそんな思いがある。それは希望的観測でしかないが。

　もし、これが他人の妻の話だったら、事件か事故に巻き込まれた可能性があると判断しただろう。だが、自分の妻のこととなるとどうしても判断がつきかねた。

　警察に届けるべきなのかもしれなかった。しかし、警視庁の刑事が妻の失踪《しっそう》届を神奈川県警に届けるというのも間抜けな話に思えた。

　そのうちに、涼しい顔をして帰ってくるかもしれない。

　そういう思いがまだ樋口のどこかにあった。

　さらに、樋口は刑事なので、失踪届というのは姿をくらましてから三日は様子を見るものであることを知っている。明らかな事件性がない場合、警察はすぐに動きはしないのだ。

それは合理的な判断だと思っていた。警察が、誰かの姿が見えないというだけで動き回っていたらたちまち忙殺されてしまう。また、失踪届の多くは、ただ遊びに行っていただけとか、無断で留守にしていただけというケースなのだ。

しかし、当事者になってみると別の思いがあるものだと樋口は感じた。警察が当てにならないと感じたのだ。それは彼自身にとって驚きだった。

この場合、どの程度の事件性が証明できるか考えた。恵子の失踪に第三者が関わった形跡は何もない。脅迫もなければ、家に誰かが押し入った形跡もない。自分が届を出された担当者ならば、事件性があるという判断は下さない。

信じていたものが揺らいだような気がした。これまで、家庭をあまり顧みずに働いてきたのは何だったのだろう。収入もそれほどいいわけではない。ただ、警察官としての誇りが樋口を支えていた。だが、一般人として警察に頼ろうとしたとき、その信頼があやふやなものであると感じた。

行動を起こさなければいられなかった。樋口は神奈川県警川崎署に電話をした。

「はい。川崎警察署です」

事務的な声が聞こえてきた。

「警視庁捜査一課の樋口といいます。ちょっと教えていただきたいことがあるのですが……」

「何でしょう」

「今日、中年女性に関わる事件か事故がありませんでしたか？　年齢四十二歳。中肉小柄。髪はショートカットです」

「お待ちください。係と代わります」

おそらく、当直の刑事に電話が回されているのだろうと思った。当直の刑事は面倒くさそうにその日の記録を調べるのだ。樋口には目に見えるようだった。

しばらくして回線がつながった。

「お電話代わりました。警視庁ですって？」

「ええ……。捜査一課強行犯第三係の樋口といいます」

「何か事件がらみですか？」

「まだ事件と決まったわけじゃないんですが……」

「そういう女性に関する事故、事件、いずれもありませんね」

「そうですか……」

「何があったんです？　四十二歳、中肉小柄の女性がどうかしましたか？」

「いいえ、何もなければいいいんです」

「意味ありげだな」

相手の口調に刺《とげ》が感じられた。「そうやって警視庁は、一方的にわれわれから情報を吸い上げようとするわけですか？　オウムのときだってそうだ。坂本弁護士事件はもともと神奈川県警の案件だった。警視庁が握っている情報をもっとこっちに流してくれたら……」

相手の言い分が癇《かん》に障《さわ》った。妻のことが心配で苛立《いらだ》っている。

「協力、感謝します」

樋口はそれだけ言って電話を切った。電話の向こうで毒づいている相手の姿が見えるようだった。

とにかく、まだ最悪の事態になっていないことは確認できた。何かの事件に関わっていたとしても、まだ死体が上がったわけではない。

刑事としてそういう判断を下した後に、樋口はぞっとした。

死体……。

それは、仕事の上で日常のものだ。今さら死体に驚いたりはしない。だが、それが妻のものとなるとまったくの別問題だ。

嫌なイメージをなかなかぬぐい去れなかった。酔いがすっかり醒《さ》めてしまった。もう一杯やりたくなったが、何かあったときのために控えた。

落ち着け。

自分に言い聞かせた。

夜中にふらりと帰ってくるかもしれない。あるいは、友達の家から電話が掛かってくるかもしれない。どちらも期待薄であることは心のどこかでわかっていた。だが、そう考えずにはいられなかった。

他に何かできることはないか……。

樋口はなんとか冷静に考えようとした。だが、何も思いつかなかった。明日までに何の連絡もなかったら、地元の警察に失踪届を出そう。それが最良の手段だ。

ソファに座り、また立ち上がりベランダに出たり、マンションの周囲を見回ったりした。見慣れた風景、路地に街灯、遠くに商店の看板、それが妙に寒々として見えた。

そうして時間は過ぎていき、やがて夜明けを迎えた。

まんじりともせずに夜明かしした樋口は、消耗していた。刑事は徹夜に慣れているが、心労が彼をいっそう疲れさせていた。結局、恵子は帰ってこなかったし、何の連絡もなかった。

七時になるのを待って恵子の実家に電話した。恵子の両親は六時には起きているはずだが、六時というのは電話をするのに常識的な時間とは言いがたい。

呼出音二回で、恵子の母親が出た。

「おやまあ、顕《あきら》さん。こげん朝っぱらからどうしたと？」

樋口は、義母の様子から恵子が実家には行っていないとすぐにわかった。そうなれば、余計な心配を掛けるわけにはいかない。

「いや、先日お送りいただいた明太子《めんたいこ》のお礼を言っておきたくて……」

樋口は咄嗟《とっさ》に取り繕った。

「そげんことなら、恵子から電話もらっとうとよ」

義母は笑った。

「皆元気でやっとうと？」

「ええ。元気です。照美は今、スキー旅行に行っていますが……」

それから世間話をして電話を切った。恵子は実家には帰っていない。それが義母の受け答えからはっきりとわかった。警視庁を休むべきかどうか迷った。だが、このまま家にいてもできることはない。

警視庁に行ってからできることがないか考えよう。樋口はそう思った。照美が帰ってくるのは明後日だ。それまでにどんな形であれ解決を見なければならないと思った。

恵子がどういう状態であれ、捜し出しておかなければならない。

樋口はそれが父親の義務だと思った。


「ヒグっちゃんよ。冴《さ》えない顔してるな」

天童隆一警部補に声を掛けられ、樋口ははっと顔を上げた。天童隆一は捜査一課強行犯第一係官だ。捜査一課の中では課長、理事官に次ぐナンバー3の立場にある。

樋口は駆け出し刑事の頃、天童と組んでいた。当時、天童は部長刑事だった。

「あ、いえ……」

樋口は天童に恵子のことを相談しようかと思った。しかし、結局は相談できなかった。天童の顔が思いのほか険しかったからだ。樋口は尋ねた。

「何かありましたか?」

天童係官は心持ち顔を近づけ、声を落として言った。

「ちょっと込み入ったことになっていてな……」

「何です?」

「警備部長のところに脅迫状が届いた」

「脅迫状……?」

「今のところマスコミには伏せてある。単なる悪戯《いたずら》かもしれんしな」

「悪戯にしても、警察の幹部に脅迫状を送るなどということを許すわけにはいきません。警察はなめられたら終わりだというのは天童さんに教えられたんですよ」

「内部の犯行かもしれない」

「警察内部の……？」

「その可能性もあるということだ。脅迫状は自宅に直接投函《とうかん》されていた。警備部長の自宅を知っていた者ということになる」

「いくらでも調べる方法はありますよ」

「それはそうだが、内部犯行の可能性も否定できないんだ。それで、上層部は当分の間、内密に捜査を進めることにした」

「当分の間というのは？」

「公表せざるを得ない事態になるまでだ」

「なるほど……」

「代々木署の件は片づいたんだろう？　そこでだ、ヒグっちゃんに担当してもらおうと思ってな」

「うちの係で？」

「内部犯行の可能性があるので、警務部も動くことになっている。捜査本部扱いにするから、協力して捜査してくれ」

「捜査本部《チヨウバ》が立つんですか？」

「それほど大げさなもんじゃないがな。警務部と公安から数名ずつ、それと三係だけの捜査本部ということになる」

「いつからです？」

「部屋を用意できるのは週明けになるが、捜査にはすぐに掛かってほしい」

くそっ。

樋口は心の中で毒づいた。

今日は土曜日で、午後は妻のことに掛かりきりになれると思っていた。だがそうはいかなくなってしまった。

樋口はすぐに部下に捜査本部の準備を命じた。天童が詳しい説明をするというので、席を立ってついていった。窓際《まどぎわ》にある応接セットに、警務部と公安の係員が座っていた。樋口は黙礼した。

明らかに刑事とは違った人種に見える。役人然としておりエリート意識が感じ取れる。警務部は、人事管理を行うところで、警察官の犯罪・非行をチェックする役割も担《にな》っている。公安部と並ぶ出世コースでもある。

「これが、脅迫状のコピーだ」

天童係官がテーブルの上に紙を広げた。ポイントの細かい字。規則的な並びがかえって不気味だった。「科捜研の分析では、コンピュータを使って書かれたもののようだ」

公安部の係員が補足説明した。

「エディタ・ソフトを使って書かれたものと見られています。プリンタのメーカーを特定することは不可能ではありませんが、プリンタとエディタの組み合わせは無数にあり、それを特定することは不可能だそうです」

石上《いしがみ》という名の公安の警部だ。たしか年齢は樋口と同じくらいだ。いかにもコンピュータに詳しそうな口ぶりだった。樋口はあまり詳しくないので、説明の内容がよく理解できなかった。

「つまり、この脅迫状そのものには、それほどの手掛かりはないということですか？」

「そうなりますすね」

脅迫状は、「腐敗した権力を擁護する警視庁警備部を許すことはできない」という文章で始まっていた。

「経済政策の無策による金融機関、証券会社の相次ぐ倒産。その責任を逃れようとする大蔵大臣。族議員の圧力に屈して骨抜きの行政改革しかできぬ無能な総理大臣。すべては私利私欲に奔走する腐った権力の構図が露呈したものであろう。警察は正義を行うのを旨《むね》とすると信じる。しかるに、警備部は腐りきった権力の擁護を任務としている。多くの国民に代わり、責任者である警備部長に天誅《てんちゅう》を加えることを予告するものである」

脅迫状はそう続いた。最後に、「激昂《げっこう》仮面」の署名があった。

こういう場合でなければ吹き出したくなる駄洒落《だじゃれ》だ。しかし、それがかえって不気味だった。

「知的レベルは低くない」

警務部係員が言った。こちらは、樋口より少し年上。吉田という名で階級はやはり警部だった。

樋口はうなずいた。文章はしっかりしている。

「しかし、政府に怒りを覚えるというのは納得できるとして、警備部長を脅迫するというのはなんとも筋違いな気がしますがね……」

「いろいろな可能性が考えられる」

吉田が言った。「まず、警備部に怨《うら》みを抱いている人間。全共闘世代なら警備部の機動隊とやり合った経験から怨みを抱いている可能性もある。したがって、過激派という線もないではない。警備部長に個人的な怨みを抱いている人間も考慮しなければならない。腐敗した権力を擁護云々《うんぬん》というのは単なるカムフラージュかもしれない。そして、右翼などの政治結社の可能性もある」

「どちらかというと、刑事ではなく公安の事案ですね」

樋口は石上を見た。石上は何も言わなかった。吉田が続けた。

「そして、警察内部の事情に詳しい者、例えば現職の警察官である可能性も無視できない」

「どうかな」

樋口は言った。「現職の警察官が警備部長を脅して何の得がありますか?」

「損得の問題ではないかもしれない。脅迫状の中に、警察は正義を行うのを旨とすると信じる、とある。行きすぎた職業意識がこういう形になったと考えられなくもない」

樋口は恵子のことが気になっていた。

手掛かりのないところで議論していても始まらない。

「そう。いろいろな可能性がある。だが、まずは確実なものを見つけていかなければならない。それが刑事のやり方なんです。脅迫状を印刷したプリンタが特定できるというのなら、まずそれが先決だ。指紋その他は検出されていないのですね?」

天童が首を横に振った。

「指紋、繊維、唾液《だえき》その他一切の付着物がない。犯人はよほど神経質なやつか、捜査がどういうものかを知っているやつだ」

「退職した警察官という線もありますね」

樋口は天童に言った。

「そうだな。懲戒免職になったやつの中には、警備部長を個人的に怨んでいるのもいるかもしれない」

「それは、こちらでリストアップします」

吉田が言った。

「科捜研の文書鑑定係ではさらに脅迫状の分析を続けている」

天童が言った。「専門家に分析を依頼するなどして、文体その他から犯人像を割り出そうとしている」

「警備部長宅付近の聞き込みはやっていいのでしょうね？」

「聞き込みをしなければ捜査にならんな……。だが、くれぐれも気をつけてくれ。マスコミには知られたくない」

「あくまでもさりげなくということですね」

「そういうことになるな」

「わかりました。聞き込みの捜査員は少人数に絞りましょう。鑑取りでは部長本人に話を聞くことになると思いますが……」

「それはわれわれの仕事だ」

吉田がきっぱりと言った。警察内部のことは自分たちの縄張りだと言わんばかりだった。それならば、喜んで任せよう。

「では……」

樋口は席を立った。係員たちを集めて内密に事情を説明した。警視庁というのは、マスコミの眼がいたるところで光っている。壁に耳あり障子に眼ありだ。樋口は、その点をことさらに注意しなければならなかった。

係員にも秘密捜査であることを徹底した。樋口はベテラン二人とそのパートナーの四人を選び聞き込みに向かわせた。残りの係員には引き続き、捜査本部の準備をさせた。

「私はちょっと出掛けてくる」

樋口はそう言い置くと、警視庁を出た。

捜査を部下に任せたままで外出するのは心苦しかったが、そうせずにはいられなかった。外に出ると、樋口は携帯電話で自宅に掛けた。

留守番電話になっている。恵子が帰ってきた様子はない。樋口は、携帯電話をしまい、公衆電話を探した。これから掛ける電話は他人に聞かれたくない。携帯電話はどこかで誰かに聞かれている危険がある。重要な用件には携帯を使ってはいけないということを警察官なら誰でも心得ている。樋口は荻窪署に掛けた。

「捜査一課の樋口だが、生活安全課の氏家さんを頼みます」

しばらくして氏家が出た。

「昨日はどうも。また、キャバクラへのお誘いかな？」

「女房がいなくなった」

「あ……？」

一瞬の沈黙。「そりゃどういうことだい？」

「言ったとおりだ」

「いつから？」

「昨夜帰ったらいなかった。書き置きも電話のメッセージもない。この時間まで何の連絡もない」

「失踪《しっそう》届は？」

「まだ出していない」

「事件に巻き込まれた恐れがあるぞ」

「昨夜、川崎署に問い合わせた。その時点では、女房に該当するような女性の事件や事故はない」

「川崎署の管轄《かんかつ》内とは限らないさ」

「事件に巻き込まれた恐れはある。しかし、事件に巻き込まれたという確証はない。おまえさんなら、そういう届を受けた場合どうする？」

「二、三日様子を見ろと言うだろうな」

「だから、私は自分で捜そうと思う」

「なぜ、俺に電話した？」

「一人ではできることは限られている。冷静でいる自信もない」

樋口はすがるような思いで言った。「あんたの助けが必要なんだ」

しばらく間があった。

氏家だって暇なわけではない。いくつもの仕事を抱えているはずだ。頭の中でそのやりくりをしているのだ。

やがて氏家は言った。

「わかった。まずどこから始める?」

5

恵子はバスルームに閉じ込められていた。バスルームには窓がない。閉塞感《へいそくかん》で息苦しかった。さらに、洗面台の下にあるパイプに手錠でつながれていた。男は朝早くに出掛けた。昨夜は手足を縛られたままベッドの上に転がされていた。

おかげですっかり腕が痺《しび》れてしまい、尿意にも苦しめられた。それを訴えると、男は、心から気の毒そうな態度で、手首のガムテープを外したが、その代わりに手錠でベッドのフレームにつないだ。

男は、出掛ける前に恵子をバスルームに移動させたのだ。ユニットバスのバスルームは男にとっては都合よく、恵子にとってもありがたかった。尿意や便意を気にする必要がない。しかし、逃げ出すのは不可能に思えた。手錠でつながれている上に、バスルームのドアは外から固定されているようでびくともしない。

「さあ、話をしよう」

昨夜、男はそう恵子に話しかけた。それはひどく悪い冗談に聞こえた。話をしようと言っておきながら、男は会話を進めようとしなかった。

二人の間に奇妙な緊張感があった。恵子はいつ男が暴力を振るいはじめるかが心配で恐ろしかった。

「世の中、嫌になることが多いよな」

沈黙。

「ここは静かだろう?」

男はぽつりぽつりと話してはまた沈黙した。苛立《いらだ》っている。だが、恵子にはどうすることもできない。男が何を求めているかまったくわからないのだ。

男は、自分の苛立ちをなんとかしようとしているようだった。やがて、彼はテレビのスイッチを入れて、テレビゲームを始めた。何というゲームかはわからない。ロボットが次々と現れ、こちらを攻撃してくる。たちまちゲームに熱中した様子だ。まるで恵子がそこにいるのを忘れたかのようだった。

彼は画面に目をやったまま言った。

「この画面をクリアするのにずいぶん時間がかかったんだ」

とたんに男は雄弁になった。「だけど、一回クリアしてしまうとどうってことない。何回でもクリアできてしまうんだ。どういう仕組みでプログラムされているか、だいたいわかってしまうんだ。ほら、ここ。ここでこいつをやっつけると、今度はこっちから来る……。ゲームって人生みたいだよな。人生も何かをクリアすれば、次にはその問題はたいしたことじゃないような気がしてくる。そうだろ？」

仮想世界に没入して、独り語りを始める男を、恵子は不気味な思いで眺めていた。テレビからはゲームの効果音や音楽が流れてくる。恵子にとってはそれがひどく不快だった。男はすっかり熱中しているようだ。しかし、その表情はゴム製のマスクのせいで見えない。

やがて男は、ゲームを終えると言った。

「僕は少し眠ることにするよ。あんたも眠りなよ」

眠ることなどできなかった。一刻も早くここから出て自由になりたい。そう思うと、またしてもパニックがじわじわと忍び寄ってきそうになった。

やがて男は毛布を持って隣の部屋に行った。

いったいこれはどういうことなのだろう？　私はなぜこんな場所に連れてこられたのだろう？　この男の目的はいったい何なのだろう？

何もかもが不明なままだった。

なんとか、夫が私の居場所を突き止めてくれないものか。恵子は祈るような思いで夜を明かしたのだった。

朝になると、ゴムマスクをかぶった男が再び部屋に現れ、恵子をバスルームに移動させた。そのときに、恵子がいる部屋の隣は台所であることがわかった。男は台所で眠ったのだ。顔を見られるのが嫌だったのだろう。

バスルームへ連れ込まれるとき、抵抗を試みようかとも考えた。しかし、それだけの勇気が湧《わ》いてこなかった。抵抗したところで、男の力にはかなわないと思った。怒りを買ってひどい目にあわされないとも限らない。

そして、今、恵子はバスルームの中でじっとしている。疲れ果てているが、眠る気にはなれなかった。壁を何度か叩《たた》いてみた。何の反応もない。壁の向こうは無人のようだ。物音がまったく聞こえなかった。

手錠も外れそうにない。恵子は夫が持っていた手錠を何度か見たことがある。まさかそれを自分がはめられることになろうとは……。恵子は絶望的な思いで手錠を見つめた。

氏家は冷静な目で樋口の自宅を捜索していった。まずドアの鍵穴《かぎあな》に顔を寄せ、無理にこじ開けられた跡などがないかどうか調べた。玄関からＬＤＫへ続くホールでは、何かを引きずった跡がないかどうかを綿密に調べ、ＬＤＫに入ってからしばらく全体を眺め回していた。

「まるで刑事のようだな」

樋口は氏家に言った。

「生安《せいあん》だってガサ入れくらいはする。何か特に気づいたことは？」

「いつもと変わらん。ただ妻がいないだけだ」

「出掛けるときは、必ず知らせるのか？」

「少なくとも何か連絡はある」

氏家はまた部屋の中を見渡した。

「家出したということは考えられないんだな？」

「理由がない」

「あんた、昨日はひどく不機嫌だった」

樋口は痛いところを衝《つ》かれたと感じた。たしかにその点は気になっていた。しかし、妻が出ていくほどの言い争いをしたわけではない。積もり積もったものがついに爆発したということも考えられるが、恵子がそれほど思い詰めている様子などなかった。

「喧嘩《けんか》をしたわけじゃない」

「娘さんがスキー旅行に出掛けたんだったな？　それで羽を伸ばそうってんじゃない

のか?」

「連絡もなしに一晩、家を空けるとは思えない。そういうことはもう考え尽くしたんだ」

氏家はじっと樋口を観察しているようだった。警察官の目だ。

あまりいい気分じゃないな、樋口はそう思った。

「何か俺に隠していることはないか?」

樋口は驚いた。

「なぜ、私が隠し事をしなければならないんだ?」

「奥さんが姿をくらました原因に、本当に心当たりはないんだな?」

「もちろんだ」

「最近、奥さんとの間は冷えていたとか……」

樋口は苛立ってきた。

「もちろん冷えていたさ。だが、どこだってそうだろう。結婚して二十年近くなるんだ」

「冷えていたというのは、互いに無関心だという程度のことじゃない」

「どうかな? 他の夫婦と比較したことなどないので、程度がどうのと言われてもわからん」

「あんた、他人には冷淡だが、家族にもそうなのか？」

「私が冷淡だって？」

「俺にはそう見える」

樋口は、かぶりを振った。

「そんな話をしているときじゃない。冷淡かどうかわからんが、とにかく、妻が出ていかなければならない理由など、我が家にはない」

「わかった」

氏家は、樋口から目をそらし、また部屋の中を見回した。「ならば、何か手掛かりになるようなことはないか？」

「手掛かり？」

「奥さんが何か特別なことを話さなかったか？」

「何も特別なことは言っていなかったと思う」

「忘れているのかもしれない。最後に話したのはどんなことだ？」

「最後という言い方はよせよ」

「文字どおり、最も後に話したのは、という意味だよ」

樋口は思い出そうとした。

「たいしたことじゃなかったと思う。昨日、私が出勤する前のことだからな」

「じゃあ、その前の夜は？」

「あまり話をしなかった。女房は急ぎの仕事をしていたんだ」

「仕事？」

「翻訳のアルバイトをしているんだ。翻訳家が原稿を書くための下訳だと言っていた」

「急ぎの仕事だと言ったな？」

樋口は、はっとした。

「そうだ。女房は二十六日までに原稿を届けなければいけないと言っていた。二十六日、つまり昨日だ」

「奥さんは、原稿を届けに出掛ける予定だったというわけだな？」

「そうだと思う」

「ならば、その届け先に訊《き》けば、ある程度奥さんの足取りがつかめる。その届け先にちゃんと原稿を届けていたら、何かあったのはその後ということになる。原稿が届いていないのなら、出掛ける前か、途中で何かあったんだ」

「くそっ」

「何だ？」

「私は女房がどこに原稿を届けようとしていたのかさえ知らない」

　氏家は苦い表情になった。

「まったくわからないのか？」

「まさかこんなことになるとは思わないからな……」

「話をしたことはないのか？」

「話？」

「奥さんのアルバイトについてだ」

「まったくなかったわけじゃないが、真面目《まじめ》に話を聞いていたわけじゃないからな」

「家庭というのは、そういう会話が飛び交っているものと思っていたがね」

　氏家は皮肉な口調で言った。

「いつからか女房の話を本気で聞かなくなっていたんだ」

「夫婦なんて、そんなもんなんだろうな」

「そんなもんだ」

「原稿の届け先について何か思い出せないか？　どんなことでもいい」

それは尋問の際に樋口がいつも言う台詞《せりふ》だった。

「思い出せんな……」

「何かメモは残っていないか？　翻訳というからには、どこかの出版社が絡《から》んでいるんだろう。その出版社に問い合わせれば、何かわかるかもしれない」

「探してみよう」

樋口は、メモがありそうな場所を探してみた。ダイニング・テーブルの脇《わき》にある恵子の書棚には、書物やノートが並んでいる。それを片っ端から引き出して調べた。いつもやっている家宅捜索の要領だった。

自分の職業的な手際《てぎわ》のよさと、今調べているのが妻のものであるという事実の間に、違和感を覚えた。

メモなどは何も残っていなかった。恵子がシステム手帳を持っていたのを思い出した。それにすべて書き込んでしまうのだろうと樋口は思った。

そういえば、女房は、昔から、用の済んだものは片っ端から捨ててしまう習慣があったっけ……。

ＤＭなどが未開封のまま、いつまでも残っているのをひどく嫌うのだ。メモも用事が済んだらすぐに丸めて捨ててしまう。必要なことはすべてシステム手帳にまとめている。

樋口よりも刑事向きの性格ではないかと思ったことがある。刑事は常に物事をすっきりと整理していかなければならない。

書棚に何種類かの出版社の封筒があった。いずれもＡ４判の封筒で、社名と住所、電話番号が刷ってある。

「このうちのどこかかもしれない」

樋口が言うと、氏家はうなずいた。

「片っ端から電話してみるんだ」

樋口は、封筒を持って電話のところへ行った。しかし、どこの出版社とも連絡が取れなかった。

「ちくしょう。土曜日だ」

樋口は電話を切った。

「編集者っていうのは、土日も関係なく働いているものと思っていたがな……」

「編集者は働いているだろう。だが、会社は休みだ」

「連絡を取る方法はないのか？」

「女房なら知っているのだろうがな……」

「訪ねてみるか？　会社には誰かいるかもしれない」

「これが捜査本部なら手分けして当たるところだがな……。時間がもったいない。何か他にできることはないだろうか……」

「時間？」

「私に残されている時間は、今日と明日だけだ。月曜日には捜査本部ができる」

「どんな事件だ？」

「それは言えない。秘密の捜査だ」

「その言い方は気に入らんな」

「マスコミに嗅《か》ぎつけられるとまずいんだ」

「俺が誰かにしゃべると思うのか？」

「私が誰かにしゃべることが問題なんだ」

「俺は奥さんが見つかるまで付き合うつもりだ。つまり、しばらくの間、俺は相棒だ。その俺が信じられないと言うのならしかたがない」

「知りたいのか？」

「どんな事件だって知ったこっちゃない。だが、秘密にされることが頭にくるんだ」

「わかったよ。おまえさんには知る権利があるような気がする。警備部長の自宅に脅迫状が届いた」

「脅迫状？」

「そう。腐敗した権力を擁護する警備部の責任者に天誅《てんちゅう》を加えるという内容だ」

「気がきいてるな。俺も同じような気分になることがある。少なくとも、そいつは庶民の味方だ」

「おい、警察の幹部が脅迫されているんだぞ」

「そう。たしかにその点は問題だがな。しかし、なぜ警備部長なんだ？」

「わからん。私もさっき説明を受けたばかりだ。個人的な怨《うら》みかもしれない」

「捜査本部なんて作ったら、それこそすぐにマスコミに知られちまうじゃないか」

「本庁《ホンブ》内で極秘に動く。看板も出さない」

「まあいい。それでそいつが立ち上がるのが月曜日だ。あんたはそれに縛りつけられるというわけだな」

「私がデスクをつとめることになるだろうからな」

「奥さんより仕事が大事というわけじゃないだろう？」

「だから急いでいるんだ。それにな、月曜の夜には照美がスキーから帰ってくる。それまでに女房を見つけたい。一家の主《あるじ》の義務のような気がする。女房がもし事件に巻き込まれているとしたら、時間がたつほどに危険が増すと考えなければならないしな」

「オーケイ」

氏家はソファにどさりと腰を下ろした。「何か思い出すことはないか？　失踪《しっそう》するまえに奥さんが言っていたことで何か気になることは？　どんなことでもいいんだ」

「こんなことなら、もっとまともに話を聞いていればよかった。とにかく、女房の話なんて……」

樋口は、思い出した。「そうだ。近所にストーカーが出ると言ってたな」

「ストーカー？」

「ああ。マンションの住人が、この近所で怪しい人物がうろついているのを見たと言うんだ。県警にパトロールを強化するように言ってくれと頼まれていた」

「とにかくできることから手を着けよう。手分けしてこの近所を聞き込みに回ろう」

氏家は立ち上がった。

樋口の住んでいるマンションはニュータウンからやや離れた場所に建っている。かつてマンションの周囲は何もなかったが、急速に開発が進み、住宅地はアメーバが触手を伸ばすように広がっていた。

各階に五世帯住んでおり、建物は六階建てだ。計三十世帯。まず、マンションの聞き込みから始めた。氏家が最上階から順に下へ、樋口が下から上へと聞き込みを進める。

住人とは管理組合で顔を合わせるので、ほとんどが顔見知りだった。氏家は警察手帳を見せて警察官として聞き込みをやるだろうが、樋口はそうはいかなかった。

一〇一号室。

「すいません。四〇五号室の樋口ですが……」

噂話《うわさばなし》が好きそうな小太りの中年の主婦が顔を出した。

「あら、どうしました？」

「怪しい男がこのあたりをうろついているという話を聞きまして……」

「ああ、樋口さん、警察の方でしたね。ええ、そうなんですよ。あたしもゴミを出しに下りたときに気がつきましてね」

「その男を見たのですか？」

「ええ」

「それはいつのことです？」

「いつだったかしらねえ……。そう、たしか土曜日だったわ。先週の土曜日」

「どんな男でした？」

「若い男でしたよ。最初、誰かを待っているのかと思ったんですよ。マンションの前を行ったり来たりしていましたね。ちょうど、あっちの角のあたりから上を見上げているようでしたね。あたしに気づくとどっか行っちゃいました」

彼女が指し示したのは、南側。樋口家の部屋がある方角だった。

「男の特徴を覚えていますか？」

「特徴といってもね……。ああ、瘦《や》せてたかな？　とにかく若い男でしたよ」

樋口は礼を言って次の部屋を訪ねた。隣の部屋には老人が住んでおり、部屋からよく外を眺めているので、噂の男のことは知っていた。

「みんな神経質すぎるんじゃないのかね？」

老人は言った。「一度見かけたが、物騒なやつには見えなかったよ。テレビなんかで、ほれ、何と言ったっけ？　女の後をつけ回すやつ……」

「ストーカーですか？」

「ああ、そういうことを大げさに取り上げるから過敏になってるんだよ」

「見かけたのはいつですか？」

「一週間ほど前かね……」

「曜日は覚えていますか?」

「そうだな……。ええと、NHKの大河ドラマの再放送を見ていたから、土曜日だな」

その後訪ねた数軒は留守だったが、ある程度の情報を集めることができた。ストーカーらしき男が現れるのは週末、それも土曜日の午後が多いらしい。

二階から三階に上がったところで氏家に会った。氏家はすでに六、五、四階の聞き込みを済ませてきたという。彼のほうが要領よくやったということだ。

氏家が仕入れてきた情報も、樋口が聞いた内容とそれほど矛盾していなかった。

「高校生くらいにしか見えなかったという人がいた」

氏家が言った。

「高校生だって?」

高校生が恵子をさらうだろうか? だが、今の世の中、誰がどんな犯罪に手を染めても不思議はない。樋口は言った。

「とにかく、最後に管理人に話を聞こう」

「管理人は住み込みか?」

「いや、管理会社から派遣されている。通勤してきているんだ。夜はいないし、日曜は休みだ」

二人はエレベーターで一階に下りた。管理人室は無人だった。

「その辺にいるのかもしれない。ちょっと捜してみよう」

樋口はマンションの外に出た。

そのとき、道の向こうに若い男が立っているのが見えた。黒いピーコートを着ている。髪は目立たない形に整髪されており、怪しげな人物には見えない。

ただ、その挙動は少しばかり怪しげだった。マンションの前を行ったり来たりして、時折りまぶしげに見上げている。南側の窓、四階のあたり。樋口の部屋のあたりだ。

樋口は氏家に言った。

「おい、今日は土曜日だな?」

氏家もその若い男に気づいていた。彼はうなずいて言った。

「土曜日のストーカーが、こうも簡単に俺たちの前に姿を見せるとはな……」

二人はその男に近づいた。

なるほど若い男だ。高校生くらいの年齢という情報は間違っていなかった。若い男は、樋口たちに気づくと、いかにもさりげなさを装《よそお》ってその場を立ち去ろうとした。

氏家がまず動いた。彼は駆け出し、若い男の前に回り込んだ。男は驚いたように氏家を見て立ち止まった。

後ろから樋口が近づき、声を掛けた。

「ちょっと聞きたいことがある」

樋口は警察手帳を取り出した。そこは神奈川県警の管轄《かんかつ》であり手帳は警視庁のものだが、一般人にとってそんなことは関係ない。警察は警察なのだ。

男はすっかり驚いた顔で振り向いた。

「ここで何をしているのですか？」

「何って……」

男はしどろもどろになった。男というより少年だった。彼はすっかり戸惑っているようだ。

「誰かと待ち合わせですか？」

「ええ……。はい」

「誰と待ち合わせしているんです？」

「友達です」

「何という名前の友達ですか？」

「あ、いや……」

「君の名前は？」

「名前って……」

「これは警察官の職務質問なんだ。私たちは名前を尋ねる権限がある。名前と住所を言うんだ」

「でも、僕、何もしていませんよ」

「名前と住所」

「ただここにいたというだけで、なんでそんなこと訊《き》かれなきゃいけないんです？」

「名前と住所」

少年はすっかり狼狽《ろうばい》している。言い逃れができないかどうか必死に考えているのだ。だが、やがて諦《あきら》める。一般人は警察官の尋問に言い逃れなどできないのだ。

「なんで……」

少年はおどおどと抗議をしようとして諦めた。俯《うつむ》くとふてくされたように言った。

「大森雅之……」

「住所は？」

「宮前区鷺沼《さぎぬま》……」

大森少年は、比較的近所の住所を言った。

「さて、もう一度尋ねる。ここで何をしていた？」

「べつに何も……」

「なぜここに立っていた？」

「立っていちゃいけないんですか？」

「君はときどきここに来て何かをしている。特に土曜日によく現れる。そうだな？」

大森雅之は俯いた。無言の抵抗を始めようというのだろうか？　だが、それを許す気はなかった。

氏家もそれをよく心得ていた。少年の扱いについては彼のほうが慣れているかもしれない。二人は、彼が何か言うまで黙っていた。やがて、少年は言った。

「このマンションに知っている人が住んでいるんです」

「何という名だ？」

「樋口……」

氏家は、無言で樋口を見た。

樋口は、必死に自分を抑えていた。だが、頭に血が昇っていくのはどうしようもなかった。

「それで、ここで何をしていたというんだ?」

怒りのために声が震えた。

「待っていたんです……」

「待っていた? 何をだ?」

「彼女が出てくるのを……」

どういうことだ? 妻はもう失踪《しっそう》している。この少年がその失踪に関係していると
いうことではないのか?

樋口が黙っていると、大森雅之はしゃべりだした。

「本当です。ただそれだけです。ひと目姿を見たかったんです。本当は、チャンスを
うかがっていたんですけど……」

「チャンス……?」

「そう。告白するチャンスです。もし、よければ付き合ってもらおうと思って」

今度は樋口が困惑する番だった。

氏家が言った。

「片思いだったのか?」

樋口は驚いて氏家を見た。氏家は、同情のこもった薄笑いを浮かべて大森雅之を見

ていた。

「はい……。学校が違うんで話したことはないんですけど……。だから一度チャンスが欲しくて……」

樋口は思わず額に手をやった。

氏家が言った。

「君が言う樋口さんというのは、高校生の樋口さんだね？」

大森雅之はぽかんとした顔で氏家を見た。

「そうですよ」

「君はどこかでその樋口さんを見かけてとても気に入ってしまった。それで、自宅をなんとか調べ出して、彼女に会うチャンスを待っていたというわけだ」

「会ったのは今年の文化祭なんです、彼女の学校の……。友達がその学校に通っているんで、呼ばれて行ったんですが……」

氏家は樋口を見た。

樋口は、興奮がおさまらない。

「本当にそれだけなのか？」

「それだけですよ」

「樋口の家庭に何か迷惑をかけるようなことはしていないか?」

「迷惑……?」

「犯罪的なことだ」

「何もしていませんよ。ただ、こうしてこのあたりをぶらついているだけです」

樋口は溜《た》め息をついた。

「近所の人が気味悪がっている。君はストーカーだと思われているんだ」

「ストーカー……?」

「こういうやり方は感心できない。その相手の両親だって心配する」

「どうしてそんなことがわかるのですか?」

樋口は再び手帳を取り出し、身分証のページを開いた。顔写真と階級、名前。左のページには職歴が列記してある。

怪訝《けげん》そうな顔でそれを覗《のぞ》き込んだ大森雅之は、目を丸くして樋口の顔を見つめた。

「私は照美の父親だ」

少年はすっかり意気消沈してしまった。顔も青ざめ、今にも泣きだしそうに見えた。

「すいません。僕……。でも、他に方法がなくって……」

「ただ、このあたりをうろついていただけというのは本当だな? 他には何もやっていないんだな？」

「本当です」

「土曜日ごとにここへ来ていたのか？」

「休みの日には……。学校が違うんで、それしかないと思って……」

「わかった。もういい。行きなさい」

大森雅之は、何か言いたそうにしていた。だが、樋口は何も聞きたくなかった。無言で見据えると、少年は諦めたように目を伏せ、ぺこりと礼をすると足早に駅のほうへ去っていった。

「娘さん、もてるんだな」

氏家が言った。「もっとあいつに優しくしてやってもよかったんじゃないか？」

「冗談じゃない。娘に言い寄る男はみんな父親の敵だよ」

「これでストーカーの線もなくなった」

樋口は時計を見た。四時を過ぎている。

「私は一度、本庁《ホンブ》に戻らなきゃならない」

「わかった。俺は、封筒があった出版社を回ってみる。奥さんは翻訳の仕事をしていたんだな？　なんとか担当者を捜し出せないかやってみるよ」

「すまん」

「礼を言われる筋合いはない。俺はこれを捜査としてやっているんだ」

6

「人目につかないように、小会議室を一つ押さえた」

本庁に戻ると、まだ天童が残っていて樋口にそう告げた。「月曜にはそこに移ってくれ。マスコミの対策は俺のほうでやる」

「わかりました」

「進展は？」

「係員を聞き込みに回らせてます。その帰りを待たなければなんとも……。鑑識や鑑取りのほうはどうなんです？　警務部と公安部は？」

「警務部の連中は帰ったよ」

「帰った？」

「今日は土曜日だしな。警備部長も出てきていない」

「ならば自宅を訪ねて話を聞けばいいじゃないですか」

「やつらは刑事とは違うんだろう。仕事は月曜から土曜の半ドンまでと決めているようだ。公安の連中の動きはまったくわからない。知ってるだろう、やつらの秘密主義は」

「そんな連中と捜査本部《チョウバ》は組めませんよ」

樋口は腹が立った。妻の捜索に全力を傾けたい。そのはやる気持ちを抑えつけて、脅迫状の捜査のために本庁に引き上げてきたのだ。

「同様の気分だな。警務部は憲兵だし、公安はスパイだ。一緒に働きたいと思う警察官はいない」

天童は一つ呼吸をして言った。「だが、おまえさんならやれるよ」

「どうですかね」

樋口は、周囲からこういう言われ方をするとどうしても素直に喜ぶことができない。照れているわけではない。本当に自分にそれだけの人望や実力があるとは思えないのだ。

いつも人の顔色を見ているような自分の性格に劣等感を持っていた。だが、刑事というのは不思議なもので、個性が強くこわもての連中が集まっているせいか、樋口のような男がなんとなく人望を集めてしまう。上司の評判もいい。気がついたら係長になっていた。

樋口は今でも時折、係長という立場に自信が持てなくなるのだ。

「鑑識や科捜研からはまだ何も言ってこない」

天童が言った。「今日のところは、聞き込みの連中が帰ってきたら引き上げよう」

「明日は？」

「聞き込みだけは続けてくれるか？　本部へは出てこなくていいだろう。正式の立ち上げは月曜日だ」

「わかりました」

これでなんとか時間が作れるかもしれない。樋口はそう思った。明日中になんとしても妻を見つけてやる。私は捜査のプロだ。なんとしても……。

聞き込み班が帰ってきたのは、午後七時過ぎだった。成果はなし。樋口はすぐに本庁を出た。携帯電話で氏家に連絡を取ると、氏家は飯田橋の駅にいるということだった。

麹町《こうじまち》で落ち合うことにした。地下鉄有楽町線で、双方からの中間点だ。樋口が指定した喫茶店には氏家のほうが先に着いていた。

窓際《まどぎわ》の席に悠然と座っている。どうしてこの男はいつも自信たっぷりに見えるのだろう。樋口は、そう思いながら向かい側に座った。

「何かわかったか？」

「だめだな。どこの会社も翻訳の部署の人間は出てきていなかった。他の部署の連中に尋ねたが、ニューヨークでパリの道を訊《き》いたような顔をされた」

「月曜まで待ってはいられないんだ」

「何か手掛かりがなければ打つ手なしだよ。原稿の届け先について思い出せることは本当にないのか？」

「考えてみる」

だが、期待薄であることはわかっていた。樋口は、最近の恵子のことをまるで知らない自分に苛立《いらだ》った。

「そんなんでも成立しているから、夫婦というのは不思議だよな」

「何のことだ？」

「互いに無関心でいられる、不思議な関係だよ。恋人同士なら、相手のことを知らずにはいられない。どんなことでも知りたくなる。親子でもそうだ。親は子供のことを心配してあれこれと知りたがる。だが、夫婦は違う。夫も妻もなるべく互いに関わりを持ちたくないと考えている」

「そんなことはない。そういう夫婦もいるがそうでない夫婦もいる」

樋口はそう言いながら、氏家が言っていることがある程度的を射ていることに気づいていた。

いなくなってみて、自分がいかに妻に無関心だったかに気づいたのだ。ないがしろにしているつもりはなかった。だが、つい面倒になってあまり会話もしなかった。

「とにかく、何も手掛かりなしじゃお手上げだ」

「わかっている」

氏家の携帯電話が鳴った。

「はい。そうですか。わざわざどうも」

氏家はメモを取り、そう言って電話を切った。

「何だ?」

「翻訳の部署の責任者に電話を入れておいたんだ」

「全社のか?」

「そうだ。非常事態だと言って、守衛や出社していた部署の人間に調べさせた。奥さんと仕事をしている編集者を調べてほしいと言ったんだ。連絡がついたのが三社。そのうちの一つが今電話を掛けてきた」

「やることはやっているじゃないか。いい刑事になれる」

「刑事だって？　ごめんだね。俺は生安が気に入っている」

「それで？」

「担当者の名前と電話番号を教えてくれた」

氏家はメモを見ながら携帯電話のダイヤルキーを押した。

「ああ、警視庁の氏家と言いますが。庄田さんですか？　休日にすいません。ええ、樋口さんについてです。今、一緒にお仕事をされていますか？」

樋口は、じっと氏家の反応を見つめていた。

「そうですか。どうも……」

氏家は電話を切った。

「どうした？」

「仕事をしたことはあるが、今関わっている仕事はないということだ」

「外れか……」

樋口は、ふと店の従業員が彼らのほうを見ているのに気づいた。携帯電話だ。店内で携帯電話を使うのをとがめているのだ。注意したものかどうか迷っているに違いない。

「ここじゃ電話するのに周囲の迷惑になる」

氏家は驚いたように言った。

「捜査だよ。気にするな」

「捜査だからって、関係ない人間に迷惑をかけていいはずがない」

「刑事がそんなことを言うとは思わなかった」

「とにかくここを出よう」

「出てどこへ行く？」

「どこか落ち着いて電話できる場所だ」

「この近くにそんなところがあるか？」

「警視庁へ行こう」

また氏家の電話が鳴った。氏家は樋口が気にするのもかまわずに出た。さきほどと同じようなやりとりでメモを取る。別の社の人間から連絡が入ったに違いなかった。

電話を切ると氏家が言った。

「ここで電話するか、本庁《ホンブ》に戻って電話するか。どっちにする？」

「すぐに行こう」

樋口は伝票を持って立ち上がった。

「あれ、係長《ハンチョウ》、忘れ物ですか？」

まだ残っていた部下が言った。一緒にいるのが氏家だと気づいてその部下は目を瞬《しばた》いた。彼らは、荻窪署にできた連続殺人事件の捜査本部で顔を合わせている。

「いや、ちょっと氏家と込み入った話があってな。月曜から捜査本部に当てる予定の小会議室は空いているか？」

「空いてますよ」

樋口は氏家に言った。

「そこへ行こう」

「しかし、なんだな……。本庁というのはPS（警察署）よりはずいぶんと清潔な感じがするが、臭《にお》いは一緒だな」

氏家は小会議室に入るとすぐに受話器を取り、ダイヤルした。樋口は、椅子《いす》に腰掛けその様子を見つめていた。

「そうですか。いや、どうもありがとうございました」

氏家は表情を変えない。

樋口は尋ねた。

「やはり外れか？」

「まだ一社残っている」

「連絡が取れた三社とは限らない。その他の社の仕事かもしれない」

「悲観的になるなよ。俺の経験では悲観的な見方が役に立ったことはない」

「そういうおまえさんがうらやましくなるよ」

「楽に生きることだよ。あんたは何でもかんでも背負《しょ》い込んでしまうんだ。それで身動きが取れなくなってしまう」

「それはわかっているつもりなんだがな……」

「わかっていても実行しなければ、わかっていないのと同じことさ」

「そいつもわかっている」

「さて、あとできるのは考えることだけだ。頭を絞るんだ。何か思い出せることはないか？」

「だめだ。言っただろう。私は女房の話をまともに聞いていなかった。覚えているはずがない」

「何か思い出すだろう。さっきあんたは、覚えていないと思っていたストーカーの話を思い出した」

「だが、それは女房の失踪《しっそう》と関係なかった」

「いいんだ。思い出すことが重要なんだ。どんなつまらないことでもいいんだ」

「私はその言葉をこれまで数えきれないほど言ってきた。言われる側の立場になるとは思わなかった。言われてみるとなかなかきつい言葉だな」

「今後は注意して使うことだ。さあ、思い出すんだよ」

「いや、だめだ」

「諦《あきら》めるな」

「そうじゃない。思い出したんだよ。女房は私に原稿の届け先を言っていない」

「確かか？」

「確かだ」

「手掛かりになるようなことも言っていなかったか？」

「言ってなかった。ただ二十六日に原稿を届けなければならないと言っていただけだ」

氏家は樋口を見つめたまま、大きく息を吸い、吐いた。それから小会議室の中を見回すと言った。

「ここに捜査本部ができるのか？」

「捜査本部というほど大げさなものじゃない。第一係《ショ》官《ムタン》が長になり、私がデスクをやる。私の係と警務部と公安から何人か。それだけだ」

「警務部だって?」

「ああ、そうだ」

「警備部長に脅迫状というのはけっこう大事《おおごと》だぞ。たったそれだけで捜査するのか?」

「身辺警護は警備部の十八番《おはこ》だ。当面はそちらに力を注ぐ。脅迫状には具体的なことが書かれていなかった。警備部長に天誅《てんちゅう》を下すと書かれていただけだ。悪戯《いたずら》の可能性もある」

夏
「それにしても……」

朱
「脅迫状は、警備部長の自宅に直接投函《とうかん》されていた」

氏家は、樋口を見たままうなずいた。

「なるほど……。それで警務部が出てきたわけだ。内部の犯行である恐れがある。派手に動きたくないということだな。だが、こいつは責任重大だぞ。警備部長に何かあったら捜査に当たった人間の責任が問われる」

「わかっている。だから、この本部がスタートする月曜までになんとか妻の件を解決しなければ……」

氏家の電話が鳴った。樋口は緊張したが、氏家はまったく表情を変えずに電話に出た。

「はい。氏家……」

氏家は相手の素性を確認してから、尋ねた。

「うかがいたいのは、樋口さんのことなんです。ええ、樋口恵子さん。現在、一緒にお仕事をなさっていますか？」

氏家が眼を樋口のほうに向けた。

「ええ、それで、その翻訳家のお名前は？」

樋口は身を乗りだした。

「城島直己……。住所と電話番号をお教え願えますか？　いえ、お話をうかがいたいだけです。ええ、捜査に関わることでこれ以上は申し上げられませんが……」

氏家はメモを取る。樋口は、すでに立ち上がり出掛ける用意をしていた。

氏家が礼を言って電話を切った。

「翻訳部長から電話がいって、担当者が電話をくれた。大東書房の編集者だ。たしかに奥さんに下訳を依頼したそうだ」

メモをかざした。

樋口はすでに出入り口に小走りで向かっていた。氏家もすぐに後を追った。

「初台《はつだい》だって？」

城島直己の住所を聞いた樋口が思わず聞き返した。

「そうだ。それがどうかしたか？」

二人はタクシーで初台に向かっていた。

「つい先日まで代々木署の捜査本部にいたんだ」

「夫婦そろって縁があるな」

「ＰＢ（交番）の場所を知っている。城島直己の家を確認しよう」

二人は甲州街道でタクシーを降りた。交番に行くと、手書きの広報紙がお決まりのように貼《は》ってある。樋口は中にいた初老の巡査部長に城島直己の自宅を尋ねた。

巡査部長は、うさん臭げに樋口を見て言った。

「その城島宅がどうかしましたか？」

「いや、たいしたことじゃないんだ」

「たいしたことじゃない？」

巡査部長は不満げだった。「あたしら、この地域に関して責任を持たなきゃならない。後で何かあって、知りませんでしたじゃ済まないんですよ。事件がらみならば、ちゃんと教えてもらわなきゃ困りますね」

樋口は苛立《いらだ》った。

「事件だとはひと言も言ってない。いいから、場所を教えてくれ」

巡査部長はむっとした顔で樋口を見つめた。氏家がいつもの皮肉な笑みを浮かべて言った。

「実はな、内密の捜査なんだ。理由があって話すわけにはいかない。だが、決してあんたらが損をするようなことはしない。実績は上げられるようにするよ」

巡査部長は、氏家をしげしげと眺めた。氏家は相変わらず自信たっぷりだった。その態度に安心したのか、巡査部長が譲歩した。

「本当ですか？　あたしら、蚊帳《かや》の外はごめんですよ」

「約束する」

「いいでしょう。案内しますよ」

「いや」

氏家が言った。「ここで説明してくれるだけでいい」

「そうですか？」

巡査部長は、壁の地図と表の通りを交互に指さしながら説明した。樋口は交番を出た。氏家は巡査部長に礼を言ってから樋口の後に続いた。

「あんたらしくないな」

氏家が言った。

「すまん」

樋口はひどく気恥ずかしかった。「つい苛々してな」

「いや、そのほうが人間らしくていいよ。あんたはいつも仮面をかぶっているような感じだったからな」

「しかし、実績をやるなどと……」

「嘘《うそ》も方便という言葉、知ってるだろう?」

城島直己宅は、古い一戸建ての住宅だった。おそらく、何代か前からこの土地に住んでいるのだろうと樋口は思った。

渋谷の松濤《しょうとう》あたりからこの初台のあたりにかけては古い住宅街で、なかなかの資産家が住んでいる。城島直己も、そうした家の出なのだろう。

本人が在宅していた。

城島直己は、なかなか魅力的な紳士だった。チェックのシャツにカーディガンを羽織っているが、そうしたヨーロッパ的な出《い》で立ちがよく似合っている。髪は半ば白くなっており、それがまた上品な感じがした。

「警察ですって……」

城島は驚いたように言った。「さて、私は身に覚えはありませんが……」

樋口は、じっと城島直己を観察していた。恵子が失踪前最後に立ち寄ったのがここだとしたら、城島を疑う理由がある。

とにかく、誰であろうと疑わしく思えてしまう。今の樋口はそんな心境だった。

「警視庁の樋口といいます。こちらは氏家」

「樋口さん……。警視庁の？　すると、ひょっとして樋口恵子さんの？」

樋口はうなずいた。

「恵子は家内です」

「そうですか。いや、奥さんはなかなかの仕事をしてくれました。おかげで仕事がはかどる」

「最近、家内に会いましたか？」

城島は怪訝《けげん》そうな顔で樋口を見つめた。樋口はじっとその眼を見返していた。何か隠していたり、後ろめたいことがあれば、必ずその兆候があるはずだ。刑事はそれを見逃さないように訓練されている。言葉ではない何かの兆候。それを観察することが重要なのだ。

「ええ。原稿を届けていただきましたよ」

「家内はここへ来たのですね？」

「はい。急ぎの原稿だったので……」

「それはいつのことです？」

「昨日ですよ」

「つまり、十二月二十六日」

「そうです」

「何時頃ですか？」

「そう、奥さんがいらしたのは……。夕方ですね。四時か四時半か……。そのくらいの時間です」

「それからどれくらいここにいました？」

「すぐに帰られましたよ。食事の用意をしなければならないとおっしゃって……」

「他に何か言いませんでしたか？　どこかへ寄るとか……」

「ちょっと待ってください」

城島は眉《まゆ》をひそめて片手を上げた。「これはどういうことなのです？　何をお訊《き》きになりたいのです？」

樋口は、城島を観察しながら言った。

「妻が昨夜から帰らないのです」

城島は困惑の表情になった。

「帰らないって……。それはつまり……」

「行方がわからないのですよ」

城島は樋口から目をそらして氏家を見た。それから樋口に視線を戻して、ますます戸惑ったように言った。

「まさか、私に何かの嫌疑がかかっているんじゃ……」

樋口は何も言わない。城島はうろたえて言った。

「いや、私は何も知りませんよ。本当に奥さんは原稿を届けてくれて、すぐにここを出られました。そう、ここにいたのは十分か十五分でしょうか。お茶を一杯召し上がるだけの時間でした。ここを出られてからのことは何も知りません」

樋口は、その言葉が本当かどうか判断しようと、じっと城島を見つめている。それが城島に無言の圧力となっていた。

「本当です。私は何も知りません……」

氏家が言った。

「あなたを疑っているわけじゃありません」

城島は助けを求めるように、さっと氏家のほうを見た。氏家が続けて言った。

「彼の奥さんの足取りを追っているのです。今のところ、ここが確認できる最後の場所なのです」

城島は、口を半ば開いて氏家の顔を見つめている。氏家の言葉が頭に入るまで時間がかかったようだ。やがて、彼は少しだけ安堵《あんど》したような表情になった。

この安堵の表情は何だろう？

樋口はまた疑ってしまった。うまく私たちの追及をかわしたことに対する安堵だろうか？　それとも、氏家の言葉を信じただけなのだろうか……。

「そうですか……。いや、それは心配ですね。お力になりたいが……。とにかく、さきほども言ったように、ここを出られてからのことは……」

氏家が尋ねた。

「何か、彼女が話したことで気になることはありませんでしたか？」

「気になることねえ……」

城島は真剣に思い出そうとしているようだった。それは演技ではないのか？　もしかしたら、城島自身が恵子をどこかに軟禁しているのではないだろうか？　あるいは、二人は深い仲になり、恵子はホテルかどこかで城島を待っているのでは……。

樋口は、はげしくかぶりを振りたい衝動にかられた。それは妄想にすぎない。冷静になれば城島を疑う理由などないことは明らかだ。しかし、樋口はどうしても冷静でいられない。

よこしまな妄想を抱く自分が嫌になりそうだった。

今にも彼は、城島の胸ぐらをつかんで、「おまえが隠しているんじゃないのか」と詰め寄りそうだった。

城島が言った。

「いや、とにかく、ここにいたのはほんとに短い時間で世間話もしませんでしたからね。仕事のことで二、三打ち合わせをしただけなんですよ」

氏家が尋ねた。

「この後も仕事があったのですか？」

「いえ、今回の原稿に関してはいただいた分で終わりですが、次にも仕事をお願いしようかと思いまして……」

氏家が一つ大きく呼吸するのが聞こえた。樋口は、肩に手を置かれて振り返った。氏家がうなずきかけた。

もういいだろうという意味だ。

樋口は不満だった。せっかく足取りがつかめたのだ。この線を途切らせたくない。城島にもっとくいさがれば……。

氏家が言った。

「どうも突然お邪魔しまして、失礼しました。ご協力感謝します。何か思い出されましたら、こちらへご一報いただけるとありがたいのですが……」

氏家は、携帯電話の番号を書き込んだ名刺を渡した。樋口も、気づいたように名刺を出した。

城島の自宅を出ると、氏家が言った。

「あんた、食いつきそうな目で城島氏を見ていた。あんな目で見られたら、何もしていなくたってびびっちまうぜ」

「手掛かりはここしかないんだ」

樋口は吐き捨てるように言った。

「ちょっと感動だな」

「なんだと？」

「あんたでも冷静さを失うことはあるんだ」

「当たり前だ。私はしょっちゅう苛々しているよ」

「だが、それを表に出そうとしない」

「そんなことはないさ」

「そう見えるんだよ。つまり、あんた、それだけ無理をしているんだ。自分の中に感情を抑え込んでいるんだよ。なぜだかわかるか？」

「さあな」

「言っただろう。他人を信用していないからさ。自分をさらけ出すのが怖いんだ」

「誰だってそうだろう」

「あんたは特にそうだ。だが、奥さんのこととなると、なりふり構っちゃいられなくなる。それが感動的だと言っているんだ」

「家族が失踪《しっそう》したんだ。当たり前だろう」

「ただの家族じゃない。あんたが選んで家族にした人だ」

樋口はますます不機嫌になった。

そんな話をしているときじゃない。時間がたつにつれて、妻への危険は増していく。妻の身に何か起こるまえになんとか見つけ出さねばならない。

月曜の朝には、警備部長脅迫事件の捜査が本格的に始まる。そして、その夜には娘の照美が帰ってくる。

それまでになんとか片づけなければならない。たった二人ではやはり無理なのだろうか？　樋口は、自信がなくなってきた。天童に相談してちゃんとした捜査態勢をとるべきなのだろうか……。

だが、その結果、例えば妻が誰かと不倫していただけなどという結果に終われば、樋口の庁内の立場は最悪になる。

また私は、立場などということを考えている……。

「聞き込みだ」

氏家が言った。

「聞き込み？」

「そうだ。奥さんが二十六日にこの町にやってきていることは間違いない。初台の駅を中心に聞き込みをやるんだ」

八時半を過ぎている。聞き込みというのは時間がかかるものだ。急がねばならない。

「それしかなさそうだな」

二人は甲州街道に向かった。

7

玄関のほうで音がして、恵子ははっと顔を上げた。彼女はうとうととまどろんでいたことに気づいた。緊張の極みにあるのに、自分が眠っていたことに驚いた。

何か重いものをどける音。続いてバスルームのドアが開いた。

男はやはりゴムのマスクをしていた。

「こんなところに閉じ込めてすまなかった」

男は言った。「僕は、他人を信用していないんでね。あんたもまだ信用していない。僕の期待を裏切らないとわかれば、もっと丁寧な扱いをしよう。本当はそうしたいんだが……」

恵子は、男を見上げていた。ここに連れてこられたときのパニックは収まり、今は落ち着いていた。まだ体力もある。

しかし、そのうちに気力が萎《な》えてしまいそうな気がした。

「おとなしくすると約束すれば、あっちのもっと楽な場所へ移してあげよう。どうだい？」

恵子は何も言わなかった。

男は落ち着きをなくした。苛立《いらだ》ちを抑えているようだ。その気持ちが声に出た。

「どうして何もしゃべらないんだ？　僕はあんたに危害を加える気はない。だが、素直になってくれないと、僕も自分が何をするか責任が持てないよ」

恵子は自分の無力さがひどく情けなくなった。相手の機嫌を損ねないようにしなければならない。それが悔しかった。

恵子は言った。

「おとなしくします」

男は満足げにうなずいた。手錠を外しに近づいた。

マスクを剝《は》がしてやろうか？

恵子はそう思った。しかし、その後のことを考えると行動に移すことはできなかった。抵抗も、同じ理由でできない。

暴れても、すぐ取り押さえられてしまう。そして、逆上した男が何をするかわからない。それが今は一番恐ろしかった。

男は、手錠を外し恵子をベッドの脇《わき》に連れていった。そして再びベッドのフレームに手錠をつないだ。

「待ってるんだ。今、食事の用意をする。食事をしながら話をしよう」

男は、隣の部屋に行った。そこが台所であることはすでにわかっていた。流し台の脇に出入り口のドアがある。アパートかマンションの一室のようだった。

ならば、隣室か上下の階に人が住んでいるはずだ。なんとか助けを呼べないだろうか？　恵子はそう考えていた。それとも、じっと助けを待つべきだろうか。夫は、自分を見つけてくれるだろうか？

男が料理を始めたようだった。まるで客を招いてでもいるように楽しげに料理をする。その行動が不気味に思えた。

錯覚だろうか……。

恵子はふと思った。彼の声はどこかで聞いたことがあるような気がした。ゴムのマスクをかぶっているせいではっきりしない。それに、彼はこの部屋では常に押し殺したような声を出している。

だから、たしかなことは言えないが、どこかで聞いたことがあるような気がする。

昨夜からずっと聞いているので錯覚を起こしたのかもしれないが……。

湯が沸き、煮炊《にた》きの匂《にお》いがしてくる。夕方になるといつもその匂いに包まれている。慣れきった夕食の支度の匂い。だが、それが今は特別のもののように思えた。

そうか。今は夕方なんだろう。

恵子は時計を見た。

六時になろうとしていた。朝出ていった男は六時前に戻ってきた。勤めに出ているのだろうか?

誘拐してきた人間を部屋に軟禁しておいて、平然と勤めに出る。その心理に、恵子はぞっとした。

夫は今、何をしているだろう?

私のことを捜してくれているだろうか?

初台で二度会って会話を交わしたあの警官にたどり着いてくれるだろうか? あの若い警官だけが頼りだった。その警官と夫が話し合えば、私がどこにいるか突き止められるかもしれない。

それははかない希望かもしれなかった。しかし、希望であることは間違いない。

私がどこにいるのか……。

それを考えたとき、またしても静かな絶望がやってきた。恵子は、自分がどこにいるのか知らないのだ。雨戸とカーテンが閉じられていて、外の景色は見えない。景色が見えても、それがどこかわかるとは限らない。

覚えているのは、白いミニバンだけだ。

夫はもう自宅へ帰っただろうか？

六時。事件を抱えていなければそろそろ帰宅する時間だ。

そこまで考えて、恵子はふと気づいた。

今日は何曜日だったか……？

咄嗟《とっさ》に思い出せず、昨日からのことを考えなければならなかった。誘拐されたのが昨日。つまり、十二月二十六日だ。二十六日は金曜日だった。それは間違いない。とすれば、今日は土曜日。夫は何もなければ、午後には帰宅する。それとも、昨夜からずっと私を捜しつづけてくれているだろうか……？

土曜日……。

恵子は台所にいる男のことを思った。

朝早く出掛けて、夕方に帰ってきた。しかし、たいていの会社は土曜は半ドンか休日だ。さらに、昨日誘拐されたのは、城島直己の家を出た直後だから、四時半頃のはずだ。五時にはなっていなかった。

そんな時間に男は初台のあたりで何をしていたのだろう。仕事には出ていなかったのだろうか？

金曜日に仕事を休み、土曜日に仕事をしていた……。それはどんな仕事だろう。推理しようとしたが、だめだった。あまりにヒントが少なすぎる。それに、今日だって仕事に出ていたとは限らないのだ。何か別な用事があったのかもしれない。

やがて、台所からいい匂いが漂ってきた。昨日から何も食べていないので、空腹のはずだった。しかし、まったく食欲はない。緊張のために、何か食べるともどしてしまいそうだった。

男は一緒に食事をしようと言った。あのマスクのまま食事をするわけにはいかない。食事をするときにはマスクを外すだろうか？

そうすれば素顔が見られる。

不気味なマスクを見ているのはもう堪えがたかった。素顔がわかれば、憎しみの対象が明確になる。それだけでも気が楽になるように思えた。

「さあ、食事だ」

男は、トレイに深い皿を載せてやってきた。クリーム・シチューだった。皿は一つしかない。「僕は向こうの部屋で食べる」

そう言って男は台所に行った。流し台のまな板に皿を載せ、こちらに背を向けて食事を始めた。そのままの状態で彼は話しかけてきた。

「食事をするときはどんな話をするんだ?」

恵子はこたえなかった。

「あんたの家での話だよ。ご主人の仕事の話とかはするのか?」

シチューの匂いを嗅《か》いでいるとむかむかしてきた。あの不気味な男が作ったシチューだと思うと、とても食べる気がしない。

「食事のときには、話をするんだろう? 家族そろっての夕食とか……」

恵子は大きく息を吸って吐き気を追い出そうとした。

がちゃんという音がして、恵子ははっと男の背中を見た。背中がかすかに震えている。物音はスプーンを放り投げた音だった。背中の震えは怒りのためであることがわかった。

「会話というのは、お互いに話をしなけりゃだめなんだ」

男が言った。「黙っていちゃ、会話にならないだろう? それとも何か? あんたの家でも同じことをやっているのか?」

恵子は物音にどきりとしたが、やがて、怒りがこみあげてきた。理不尽な要求に対する怒りだ。

なんでこんな男に誘拐され、会話を強要されなければならないのか。

「そうよ」

ついに恵子は口を開いた。怒りのために口調は激しかった。「うちでもこんなものよ。主人は忙しいの。家で家族と一緒に夕食を食べないことも多いわ。そして、一緒でもたいてい私が一方的にしゃべるだけ。主人は、生返事をするだけよ！」

男は身動きを止めた。何か考えているようだ。そのうち、小刻みに肩が動きはじめた。

どうしたのだろう？　この男は何を、何をしているのか……。

やがて、かすかな笑い声が聞こえてきた。男は笑っているのだ。ひとしきり忍び笑いを続けた後に、男は言った。

「そうか……。あんたのご主人も、会話をしたがらないのか……。家ではむっつりとしているんだ……」

再びかすかな笑い声。

男は、スプーンを取り、再び食事を始めた。その後は食事の間、話しかけようとはしなかった。

男の反応が理解できず、恵子はますます気味が悪くなった。

しかし、怒りにまかせて言葉を吐き出したおかげで、気分が少しばかり変わっていた。

恵子は自分に言い聞かせた。

怖がってばかりいてもしかたがない。このままだとまいってしまうだけだ。右手を手錠でベッドにつながれているので、左手でスプーンを取った。

とにかく、体力をつけるために食べなければ。

シチューをすくって一口食べた。胃が逆らおうとした。ごくんと呑《の》み込み、胃の反乱を押さえ込んだ。二口目からは楽になった。味などわからない。とにかく、体力を維持するためと割り切って、機械的にシチューをすくって口に運んだ。


初台のあたりはいわゆる駅前商店街のような街並みがない。甲州街道沿いにビルが立ち並び、その一階部分がコンビニや飲食店になっている。灰色の街並み。商店や飲食店の看板だけがそらぞらしく鮮やかだ。住宅街が甲州街道に接近しており、甲州街道から脇に入ったあたりに商店や飲食店が点在する形になっている。

本来ならば氏家と手分けして聞き込みに回りたいところだった。だが、樋口は恵子の写真を一枚しか持ってきていなかった。家を出るとき、アルバムから剝がしてきたものだ。刑事の性《さが》で咄嗟に写真のことを思いついたまではよかったが、さすがに二枚用意するところまで気が回らなかった。

二人は表通りから始めた。コンビニ、花屋、ラーメン屋、二階の喫茶店、飲食店の入ったビル。順番に攻めていった。

従業員に写真を見せて、見覚えがないかどうか尋ねる。ほとんどが空振りだった。聞き込みというのは、百人に訊《き》いて一人何か知っていれば成功であることは知っている。しかし、樋口はあせっていた。

誰もが何かを知っていて隠しているような気がしてくる。時間がないという思いが、樋口を不安にさせていた。

「くそっ。これじゃ埒《らち》があかない」

樋口は、数軒回ったところで言った。

「落ち着け」

氏家が言った。「きっと誰かが見ている。捜査のときはそう信じて回るだろう?」

樋口は深呼吸しなければならなかった。どうしても追い立てられるような気分になってしまう。

「ああ、そうだな……」

だが、それ以上何を言っていいのかわからなかった。

恵子に見覚えがあるという人が見つかったのは、それからさらに数軒を回った後だった。ラーメン屋の従業員で、カウンターの中からガラス戸越しに通りを眺めていたときに見かけたという。

「それはいつのことですか？」

樋口は、はやる気持ちを抑え、つとめて冷静に尋ねた。

「そうだなあ……。一週間以上前のことだね。十日くらい前かなあ……」

「間違いありませんね」

「小柄な人ですよね。ショートカットの。間違いないと思いますよ」

「ここから見ていたのですね？」

樋口は、カウンターの脇《わき》から通りのほうを指さした。

「そうですよ」

一枚ガラスの自動ドア。その脇も大きな窓になっている。その窓には外に向けておすすめのメニューを書いたビラが貼《は》りつけてある。

「ここを通り過ぎただけでしょう。よく覚えていますね」

「通り過ぎただけじゃありませんよ。ちょうど店の前で立ち話していたんですよ。お巡りさんと」

「警官と……？」

「そうです。お巡りさんがその人の後ろから声を掛けましてね、そのまま立ち話を始めたんです。お巡りさんが誰かに声を掛けると、つい好奇心で見ちゃうでしょう。何事だろうってね。でも、二人とも笑顔でしたから、ああ、顔見知りなんだなって思って、それっきり私も気にしませんでしたけどね」

「警官が声を掛けた……」

「はい。若いお巡りさんでしたよ」

「どんな話をしていたかわかりませんか？」

「さあねえ……。私、ここから見ていただけでしたから……。でも、ただの世間話だったと思いますよ。そんな雰囲気でしたからね」

樋口は、戸惑っていた。それを見て取った氏家がラーメン屋の従業員に礼を言った。

店を出ると氏家は樋口に尋ねた。

「立ち話をしていた警官というのに心当たりはあるか？」

「ない」

「あんたの家に、外勤が来たことは？」

「ないな。係の連中が正月なんかにやってきたことはあったが……。制服を着てこのあたりを歩いていたとしたら、代々木署の外勤だろうが、私だって代々木署の外勤に知り合いはいない。女房が知っているはずはないんだが……」

「別のところから転勤したのかもしれない」

「少なくとも我が家に来たことがある警察関係者で、ＰＳの外勤になったやつはいない」

「ならば、ここで知り合ったということだな。奥さんは城島直己のところへ何度くらい来ていたのかな？」

「わからん」

樋口は、言った。「確認に戻ろう。それと、ＰＢだ。女房に会った警官がわかるかもしれない」

二人はもう一度城島の家を訪ねた。城島は心底驚いた顔をした。

「一つ訊き忘れていたことがありまして……」

樋口が言った。さきほど城島の家を出てからたっぷり二時間以上はたっている。

「何ですか？」

「家内がこちらにお邪魔したのは、昨日が初めてですか？」

「いいえ。その前に二回いらしてますね」

「それはいつのことです?」

「ええと……。正確な日時をお知りになりたいですか?」

「できれば」

「ちょっと待ってください。スケジュール帳を見なければ……」

城島直己はいったん奥に引っ込んでシステム手帳を持ってきた。

「ええと、最初は打ち合わせにいらしたんです。訳といっても段階がありましてね。直訳から、ある程度文章として練れているもの、そして完全な意訳まで……。直訳に近いものでいいと申し上げたんです。最初にいらしたのは十二月九日ですね。午後一時です。二回目は、十五日。時間は三時です。このときは、冒頭から途中までの訳をもらいました。やはり、お茶を一杯飲むくらいの時間で引き上げられました。そして、三回目が二十六日で残りの部分すべてをもらいました」

氏家がそれをメモした。

「どうもありがとうございました」

樋口がそう言うと、城島は拍子抜けしたような顔で樋口を見た。

「それだけですか?」

「それだけです」

「電話をくれればよかったのに……」

「ご迷惑は承知の上ですが、こういう場合、直接会ってお話を聞くことにしているのです」

「こういう場合というのは？」

城島直己は不安げな表情になった。

「刑事が聞き込みをする場合です」

「なんだか容疑者になったようで、いい気分じゃありませんね」

「ご心配なく」

氏家が言った。「あなたには何の嫌疑もかかってはいません。ただ、他に手掛かりがないもので……」

樋口は、実は疑っていた。城島は恵子と三度も接触している。失踪《しっそう》する直前に会っていたのも城島だ。疑う理由があるように思えた。

何か他に訊くことはないだろうか？

城島が嘘《うそ》をついている場合、その嘘を暴《あば》くには何を尋ねればいいだろう？

樋口は考えたが、あせるばかりで何も思いつかなかった。

氏家が言った。

「夜分に何度も失礼しました」

「今日はもういらっしゃらないでしょうね。仕事の最中なんですよ」

非難の響きがあった。

氏家が樋口の肩を軽く叩《たた》いた。おいとましようという意味だ。樋口はしかたなくそれに従った。

二人は交番に向かった。さきほどの巡査部長が無言で挙手の礼をした。親しみがこもっているとは言いがたい態度だった。

いつもの樋口なら、相手の気分が気になるところだ。だが、今はそんなことにこだわる気にはなれなかった。

樋口は写真を取り出した。

「この女性と会った外勤がいるという情報を得た。誰か心当たりはないだろうか？」

巡査部長は写真ではなく、樋口の顔を見ていた。

「ちょっと待ってください。内密の捜査だと言いましたね。その女性がどうかしたんですか？」

「いいから、写真を見てくれ」

「いい加減にしてください。何も教えてくれず、こちらからだけ何かを聞こうとする。

それは通らないんじゃないですか？」

「誘拐の可能性がある」

氏家が言った。樋口は、驚いて振り返った。

「おい……」

「話してしまったほうがいい。どうせ二人きりじゃできることは限られている」

「誘拐ですって？　そんな話は聞いていませんが……」

巡査部長が氏家に言った。氏家はこたえた。

「まだ正式に事件になったわけじゃない。だが、この女性が昨夜から失踪している。だから、われわれは内密に捜査をしているんだ」

「事件にもなっていないことを捜査しているんですか？　本庁はよほど暇なんですね」

「その写真の女性は、この樋口さんの奥さんなんだよ」

巡査部長は、驚いて樋口の顔を見直した。

「奥さん……？」

樋口は苦い顔で目をそらした。

「だから、私は時間外に捜査をしている。協力してくれるとありがたいんだが……」

「そういうことなら早く言ってくださいよ」

「言いづらくてね……」

「いざ身内のこととなると、案外そんなものかもしれませんね……」

巡査部長は別人のように協力的になった。写真を見つめ、つぶやく。

「私は覚えがないな……」

「目撃者の話だと、若い警察官だったということですが……」

「箱番ですからね。若いのはいくらもいます」

巡査部長は、脇の机に向かってじっとやりとりを聞いていた若い巡査に写真を渡した。「おまえ、心当たりあるか?」

若い巡査は眉根《まゆね》に皺《しわ》を寄せて写真を見つめた。

「いや、自分は知りませんね」

巡査部長は写真を受け取り樋口に差し出した。

「今、パトロールに出ている者もいますし、別の班の誰かかもしれない。写真と一緒に申し送りしておきますが……」

「あんたらは第二当番だな?」

「そうです。四時半から明日の朝まで……」

「交代は明日の朝か……。なんとか効率よく妻と接触した警官を見つけられないものかな……」

「このPBは三人で担当しています。もうじきあとの一人も戻ってくるでしょう。他の班の人間の住所もわかりますから、訪ねてみたらどうです？」

「じゃあ、そのパトロールの帰りを待ってみよう」

巡査部長はスチールの棚から書類を引っ張り出し、他の班の名簿を樋口に見せた。樋口は手帳を出し、名前と住所をひかえようとした。

樋口は、ふと見覚えのある名前に気づいた。

安達弘。つい先日まで捜査本部で一緒だった巡査だ。

そうか。安達は地域課から捜査本部に吸い上げられたと言っていたな……。

この交番を担当していても何の不思議もない。

三人ずつ計六人の名簿を写し終えたとき、パトロールに出ていた巡査が帰ってきた。自転車を止めて入り口までやってきた巡査に、巡査部長が写真を見せた。

「おまえ、このご婦人に見覚えはないか？」

巡査は写真をしげしげと見つめた。

「いや、ないですね。何です？」

巡査部長は樋口をちらりと見てから言った。

「失踪したということだ。この界隈《かいわい》で足取りが途絶えた」

「失踪……」

巡査はあらためて写真を見た。だが、結局かぶりを振った。

「見た記憶はないですね」

樋口は写真を受け取り、言った。

「別の当番の人たちを当たってみることにします」

巡査部長が気の毒そうに言った。

「お役に立てなくて申し訳ないね」

「いや、助かりましたよ」

樋口は、まず真っ先に安達弘を訪ねてみようと思っていた。顔見知りだし、明らかに樋口に好意を示していた。

恵子と話をしたというのは、安達かもしれない。それなら、世間話をしていたというのもうなずける。安達は、どうやら捜査本部にやってくる前から樋口のことを知っていたようだ。

それを氏家に話すと、氏家はうなずいた。

「もし、奥さんと会ったのがその安達でなくても、あんたに好意を持っているのなら、事情を説明すればいい協力者になってくれるかもしれない」

安達の住所は、笹塚《ささづか》三丁目だった。アパートを借りて住んでいる。巡査の給料では、東京でアパート暮らしは楽ではないだろう。独身寮に住めば生活の問題はないはずだ。しかし、最近の若者は独身寮には住みたがらないようだ。

寮には主《ぬし》がいる。出世を諦《あきら》めた巡査長あたりが、体育会や応援団のような階級社会を寮に作り上げているのだ。若い巡査を顎《あご》でこき使い、新人いじめをする。寮の主にいじめられて、逃げ出す若い新人も多い。安達は、独身寮の生活に馴染《なじ》めなかったのかもしれない。

アパートを訪ねたが、安達は留守だった。

「若いからな」

氏家が言った。「遊びも忙しいのだろう」

「しかたがない。まず他を当たるか」

二人は独身寮に向かった。名簿の六人のうち、二人が独身寮に住んでいる。

一人は安達弘と同じ班で、もう一人は別の班だった。安達弘と同じ班の巡査は、井上という名だった。

別の班の巡査は、高梨。

二人は恵子の写真を見て同様に首をひねった。

「いや、見覚えはないですね。身長はどのくらいです?」

井上が尋ねた。

「百五十三センチ」

「小柄ですね……」

「甲州街道に面したラーメン屋の従業員が警官と立ち話をしているところを目撃したというんだが……」

「いつのことです?」

気負ったような声で今度は高梨が尋ねた。二人とも優秀な警察官であることをアピールしようとしているようだった。

「おそらく、十二月十五日のことだと思う」

「ならば、残念ですが自分はお役に立てません」

高梨が言った。「その日は自分は非番でしたから……」

「十二月十五日の何時頃ですか?」

井上が尋ねた。

恵子が城島の家を訪ねたのが午後三時で、それほど長居をしなかったということだった。樋口は、そこからおおよその時間を割り出した。

「三時から四時の間。おそらく三時半頃じゃないかと思う」

「日勤か第一当番の受け持ち時間ですね。自分ら、第一当番でしたから、もしかしたら自分らの班の誰かかもしれませんね」

「君は、安達弘巡査と一緒に仕事をしているね？」

「はい。安達は同じ班です」

「今、安達君のアパートを訪ねてきたんだが留守だった。どこにいるか心当たりはないか？」

「さあ。わかりませんね」

「安達君とは、先日の捜査本部で一緒だった」

「ああ、そうでしたか……」

「捜査本部に吸い上げられるのだから、勤務態度もいいのだろうね」

「ええ。ものすごく真面目《まじめ》なやつです。真面目すぎるくらいにね」

「真面目すぎる……？」

井上は若者らしい仕草で肩をすくめた。

「その……、つまり、堅いんです。警察官らしいと言ったら、あいつほど警察官らしいやつはいませんね。普通、まあいいかと思うようなことでも、彼は絶対に許しません」

「それは融通がきかないということか？」

氏家が訊《き》いた。井上はあわてて氏家を見て言った。

「いや、あくまでも真面目だと言いたいんです。だから上の者には信頼されていますよ」

「だが、仲間内では煙たがられている。そういうわけか？」

氏家はかすかに皮肉な笑いを浮かべて言った。

「いや、そんな……」

井上は言いづらそうにしていたが、やがて言った。「ただ、ちょっと何を考えているのかわからないようなところがありますね」

樋口はひっかかった。

「それはどういうことだ？」

「無口なんですよ。自分らとはあまり話をしたがらないのです」

「無口……」

「ええ。付き合いも悪いですし……。たまに飲みに行こうという話になっても、絶対に彼は付き合いません」

樋口は考え込んだ。

井上は、本当に安達弘の話をしているのだろうか？

樋口の印象とあまりにかけ離れていた。

「明日の君らの当番は？」

「第一当番です」

朝八時半に出勤して夕方四時半までの勤務だ。樋口はうなずいた。どうしても安達に会う必要があるように思えた。

「夜分にすまなかったな」

「いいえ」

井上は明るい笑顔を見せた。「どうせ、遊びに行く金もありませんしね」

寮を出ると、樋口と氏家はリストにある警察官の自宅を片っ端から訪ねていった。

幸い、遠隔地に住んでいる者はいなかった。結局、恵子と立ち話をした警察官というのは見つからなかったが、安達の班の巡査部長が耳寄りな情報をくれた。

その巡査部長は、坂崎という名だった。

「ええと、待ってくださいよ……。そうそう思い出した」

坂崎巡査部長は樋口の顔を見た。「あなた、樋口警部補でしたね。こんな時間に何かの冗談ですか？」

樋口は坂崎が何を言っているのかわからなかった。

「この人、奥さんでしょう？」

「ご存じですか？」

「思い出しましたよ。いつだったか、交番を訪ねていらして、道を訊かれたんです。たしか、翻訳家の城島という人の家だったな……」

「それで……？」

「そのとき、ＰＢに私と巡査の二人しかいなくてね。巡査が案内すると言って出掛けていきました。近くまで案内したはずです。その巡査が帰ってきて、驚いた様子で言うんです。あの人は、本庁捜査一課の樋口係長の奥さんだってね……。道すがらそういう話をしたようです」

「その巡査の名は？」

「安達弘です」

恵子と立ち話をしていたのが、安達であることはもはや疑いないと樋口は思った。

恵子は最初に城島宅を訪れたときに、交番で道を尋ねた。安達と会って案内される途中、いろいろな世間話をしたのだろう。そのときに、自分が樋口の妻であることを話したのだ。

そして、二度目の訪問の際に、道で安達と会ったというわけだ。ラーメン屋の従業員が目撃したのはそのときのことだろう。

「安達巡査というのは、どういう警察官ですか？」

樋口がそう尋ねると、坂崎部長は面食らったような顔をした。たしかに唐突な質問だったかもしれない。

「どういう警察官かですって？」

「勤務態度とか……」

「きわめて優秀ですよ。真面目で積極的だ。奥さんの件だってね、わざわざ案内するほどのことはないんです。地図で示して行き方をお教えするだけで充分なんですよ。しかし、安達というやつは、自ら案内をする。そういう努力を惜しまない男なんです」

「そうですか……」

樋口はうなずいた。「夜分にどうも失礼しました。ご協力感謝します」

「いったい何事なんですか？　奥さんがどうかなさったのですか？」

「ええ」

樋口は言った。「ちょっと、姿が見えないのでね……」

樋口は、坂崎が何か言う前に頭を下げてドアを閉めた。

坂崎巡査部長の自宅を後にすると、樋口は言った。

「もう一度、安達のアパートへ行ってみよう」

「奥さんと会っていたのは、安達に間違いなさそうだな」

「私もそう思う。もしかしたら、何か手掛かりを握っているかもしれない。女房から何かを聞いている可能性もある」

「とにかく、この街で奥さんと話したことがある人間は、今のところ、城島と安達の二人だけだ。会ってみる価値はあるな」

「どうもひっかかるんだ」

「何が？」

「安達の評価だよ。坂崎巡査部長は、高く評価していた。私の印象も悪くなかった。はっきりと物を言い、積極的な感じがした。だが、同僚の評価はちょっと違ったようだ。堅物で何を考えているのかよくわからない……。これはどういうことだろうな？」

「あんたと会ったときは無口ではなかったのか？」

「そんな感じはしなかったな。捜査本部では二度も手柄を立てた。優秀な警察官であることは間違いないと思う。刑事になりたいと言っていたよ」

「おそらく、若い巡査の多くは刑事を志望している。そういう意味ではちっとも珍しいやつじゃないいな」

「同僚の井上は、安達がひどく無口なやつだと言っていた。わけがわからんよ」

「妬《ねた》みかもしれない」

「妬み？」

「ああ。あんたはそういう感情とは無縁かもしれんが、警察なんて妬み嫉《そね》みが渦巻いている組織だ。安達は、捜査本部に駆り出されたんだろう？　それは、ひょっとしたら刑事課長か人事担当の気まぐれだったかもしれない。だが、同僚はそうは思わない。安達が一歩リードしたと思ってしまうのさ。そうなれば妬みが生まれる。妬みが評価を低くすることは珍しいことじゃない」

「なるほどな……」

たしかに氏家の言うことには一理ある。真面目で付き合いの悪い安達は特に妬まれやすいのではないだろうか？

それにしても、上司と同僚の評価がこれほど極端に違うものだろうか？　一所懸命に働くやつはたしかにいる。安達がそういうやつだとしたらどうだろう？

そこに何か別な理由はないだろうか？　上司が見ているときだけ、一所懸命に働くやつはたしかにいる。安達がそういうやつだとしたらどうだろう？

樋口はひそかにかぶりを振った。そんな見せかけの警察官に、二度も手柄が立てられるはずはない。安達は本当に優秀だが、仲間に誤解されやすいタイプなのかもしれない。樋口は取りあえずそう思うことにした。

安達はまだ帰宅していなかった。部屋の明かりは消えている。寝ているのかもしれないと思い、何度かドアを叩《たた》いてみた。すでに十一時過ぎだ。

「帰りを待ってみるか？」

樋口が言った。

「張り込みか？　この寒空の下ではきついな」

コートの襟《えり》を立てながら、氏家は言った。

「安達は被疑者じゃないんだ。ここで張り込んでいる必要はない。どこかで時間をつぶそう」

「ファミリーレストランでコーヒーでも飲むか……」

「おまえさんは帰っていいんだぞ」

樋口がそう言うと、氏家は心外だと言わんばかりに樋口を見つめた。

「あんたを放り出して帰れると思うか？」

「付き合わなければならない義理はない」

「義理で付き合っているわけじゃない。この捜査に関しては、俺は相棒だ。そうだろう」

樋口は、弱気になっているせいもあり、氏家の言葉が胸に響いた。

「すまんな」

「そういうことは、無事に奥さんが帰ってきてから言ってくれ」

氏家は、北風と、自動車が絶えず通り抜ける甲州街道のほうに向かって歩きだした。

8

ゴムマスクの男は、食器を洗うと丁寧に布巾《ふきん》でぬぐった。神経質さを感じさせた。恵子は、開け放たれた出入口から台所の男の様子を眺めていた。男はこれまで決して乱暴なことはしなかった。樋口に連絡を取った様子もない。

暴力に対する恐怖は今のところ感じないが、誘拐の目的がわからないことが不気味だった。性的な目的ではない。営利誘拐でもなさそうだ。

男はただ話をしようと言うだけだ。恵子に対してそれ以上の要求はしない。ただ、反抗的に無言でいるとひどく苛々《いらいら》した態度を見せた。それは恵子にとって危険を意味している。

恵子は、次第にパニックを感じなくなっていた。うろたえても状況は変わらない。ならば、考えることだ。恵子が落ち着きを取り戻すにつれ、男も苛立つことが少なくなってきた。

犬や猫がこちらの緊張に反応するようなものだと思った。

会話がしたい?

けっこう。ならば話をしようじゃない。

そして、相手の目的と素性を探ろう。

恵子はそう決心した。すると、不思議なことに恐怖と不安が薄らいだ。腹が据わったのだ。

片づけを終えた男は、ベッドのある部屋へやってきた。恵子は相変わらず右手を手錠でベッドにつながれている。

「さあ、今日は何の話をしようか……」

恵子は静かに相手を見つめていた。

「僕の好きなビデオを一緒に見ようか？　『警視庁・潜入二十四時間』という番組を録画したんだ。あんたの旦那《だんな》も警察官だから、興味あるだろう？」

この男は夫のことを知っている。

やはり、私が誘拐されたのは、夫に対する怨《うら》みが原因なのだろうか？

かつて、夫に逮捕され獄につながれた男が刑期を終え、夫に対する逆恨みでこんなことをしたというのは大いに考えられる。

「警察の仕事に特別に興味はありません。夫もあまり捜査のことは家で話したがらないし……」

「へえ、興味がない？」

男の声が明るくなったように感じられた。

私が即座に返事をしたので、機嫌がよくなったのだろうか？

それとも別に理由があるのだろうか……？

「そうです」

恵子は言った。「私は翻訳のアルバイトをしていて、その仕事に興味があります。主人は主人の仕事に一所懸命です。娘は受験を控えて勉強に忙しい。家族はそれぞれに自分の世界を持っています」

「それじゃあ、家族がばらばらじゃないか」

男は、揶揄《やゆ》するような口調で言った。どこかうれしそうに聞こえた。

「ばらばらではありません。互いに理解し合っているからです。主人は、私のアルバイトに理解を示してくれます。私も主人のことを誇りに思っています」

「誇りに思う？」

男は、忍び笑いを洩《も》らした。「どんなことをやっているのか知らないのに、誇りが持てるのか？」

「信じていますから」

「信じているだって？」

「そうです。警察官としての夫を信じています」

「そんなのでたらめだよ」

「なぜそう思うのですか？」

「でたらめだからでたらめだと言ってるんだ」

男はまた苛立ちの兆候を見せはじめた。恵子は悟った。この男は議論することに慣れていない。自分の意見を他人に押しつけることしか知らないのだ。

情緒が未成熟なのかもしれない。話題を変えなければと恵子は思った。

「どうして私を誘拐したのです？」

「誘拐？」

男は戸惑ったように言った。「僕は誘拐した覚えなどない。招待したんだよ」

「私を気絶させて、ここへ運んできたのでしょう。それは立派な誘拐です」

「警察官でもないのに刑法を知っているというわけか？」

またしても揶揄するような口調だ。「誘拐・監禁の罪か……。もしそうだとしたら重罪だな」

彼はかすかに笑った。

「だが、捕まればの話だ」

「きっと捕まるわ」

「どうかな……」

彼はまた笑った。

男の態度から、恵子はある特徴を感じ取った。彼は、常に自分の優位を信じて疑わないタイプのようだ。

自分が他人より優れていると信じ込んでいるのだ。そして、自分なら何をしてもうまくいくと考えており、何をしても許されるのだという思い込みがあるのかもしれない。

彼は恵子との会話が円滑に進んでいることで気をよくしている。昨日より快活な感じがした。しかし、声は相変わらず押し殺している。

「僕は以前、あんたに会ったことがあるんだ」

「会ったことがある？」

「そうだ。ずいぶん前のことだけど、あんた、能力開発の教室に行ったことがあっただろう？　そこに僕もいたんだ」

恵子は思い出した。三カ月ほど前のことだ。学生時代の友人がどうしても付き合ってくれと言うので、一度だけという約束で同行した。

原宿のビルの一室に、机と折り畳み式のパイプ椅子《いす》が並べられていた。講師は、キャリアウーマンを絵に描いたようなタイプの女性だった。彼女は、いかに自分をアピールすることが重要かを言葉巧みに説いた。

恵子はすっかり退屈してしまった。恵子はそんな教室に通う必要をまったく感じていなかった。教室は混み合っていた。恵子を誘った友人の話によると、国際線のスチュワーデスや、証券会社の総合職の女性などが受講するケースが多いという。

たしかに、女性の数が多い。その女性たちは例外なくブランド物のスーツを着ていた。能力開発や自己啓発というのは、人それぞれの生き方の問題だと恵子は思っていた。それを教室に来て人に習わなければならないというのは、どこか奇妙な感じがしたのだ。

この男はその教室にいたという。

記憶をさぐった。

あの教室にはどんな男たちがいただろう。若いサラリーマンが多かったように思う。だが、一人一人の印象など覚えていなかった。

無理もない。恵子はすっかり退屈して、話を聞くふりをして、翻訳する予定になっていたアメリカのミステリをこっそりと読んでいたのだ。

どんな人が周りにいたかなどまったく気にしていなかったのだ。男もそれを知っていたに違いない。

「あの教室に来てるやつらなんて、くだらないやつらだと思ったよ。講師もつまらないやつだった。まったく、あんな講座が人気だなんて、あきれるね」

「同感ですね」

恵子が言った。「でも、あなたはその教室にいた」

「どんなものか覗《のぞ》いてみようと思ってね。だが、予想どおりつまらなかった。僕には必要ないね。あんたはなぜあんな教室に行ったんだ？」

「友達に付き合ってほしいと言われたんです」

「なるほどね。それでうなずける。あんた、ずっと英語の本を読んでいただろう」

恵子は、思わずゴムのマスクを見つめた。そのマスクの奥にある眼を見つめようとした。だが、男はすぐに目をそらした。

男は恵子があのとき何をしていたか知っていた。ということは、近くの席にいた可能性がある。もしかしたら、隣の席だったかもしれないし、すぐ後ろの席だったかもしれない。近くにどんな人がいただろう？

恵子は必死に思い出そうとした。しかし、結局諦《あきら》めなければならなかった。どんな人がいたか思い出せそうになかった。

マスクの男は言った。

「僕はそれであんたに興味を持ったんだ。あんたなら、僕を理解してくれるかもしれない。そんな気がした」

「勝手な思い込みです」

恵子は努めて静かに言った。「私はあなたのことを何も知らない。理解のしようがないじゃありませんか」

「努力してくれればいい」

「努力?」

「そう。僕のことを理解するように」

「なぜ私が……?」

「あんたは選ばれたんだよ」

男の口調は徐々に自信に満ちたものになっていく。

見ていると、彼の行動や言葉の一つ一つは異常さを感じさせない。だが、総合すると明らかに異常だった。

「これから私をどうしようというのですか?」

「話を聞いてもらう。そして、僕のやることを見届けてもらう」

「見届ける?　何をしようというの?」

男は忍び笑いを洩らす。

「それはまだ秘密だ。楽しみにしているといい。それより、お宅のことを話してくれ」

「話すことなど何もありません」

「そんなことはない。ご主人とはどんな話をするんだ?」

「どんなって……。普通の家庭と同じでしょう」

「普通の家庭……?」

男の口調が重くなった。「それはどういう家庭のことをいうんだ?」

「家があって、そこに家族がいて。一緒に食事をしたりテレビを見たり……」

「それが普通なのか?」

「そうね」

「一緒に暮らしていれば、それで普通の家庭なのか?」

「それが最低条件だと思います」

「暮らしていればいいのか？」

妙に食い下がってくる。

恵子は、男にからかわれているのだと思っていた。だが、どうやら男は真剣に質問しているようだった。さきほどまでの、人を小馬鹿《こばか》にした口調ではなくなっている。

「そう。少なくとも、私は家族が無事に暮らしていればそれでいいと思っています。あたしも主人も娘も、それぞれに問題を抱え、それを自分で解決しようとしています」

「家族でそれぞれの問題を話し合ったりはしないのか？」

「話し合うこともあれば、話し合わないこともあります。主人に話してもしかたがないことだってあるし……」

「それはどんなことだ？」

「マンションの管理組合で、管理人に御歳暮を送るためにお金を集めることになったとか、そういう日常の細かなことです。そういうことは私に任せきりですから」

「僕が話しているのは、そういうつまらないことじゃない」

「そういうつまらないことの積み重ねが日常なんです。それが普通の家庭です」

恵子は、話しながら自信がなくなってきた。普通の家庭、普通の暮らしというのはいったいどういうものなのだろう。もしかしたら、そんなものはどこにもなく、すべての人が思い描いている幻想にすぎないのかもしれない。

どんな家庭でも問題を抱えている。心配事の一つや二つはあるはずだ。家庭の問題というのは固有のものだ。ある家庭での問題が他の家庭にあてはまるとは限らない。家庭というのは個人と同じで、きわめて個性的なものだ。普通の人という言葉に意味がないように、普通の家庭という言葉にも意味がないような気がしてきた。

男はそれに気づいているのではないだろうか？

それとも、家庭に何か問題があって、本当に普通の家庭と言われるものがどんなものか知りたがっているのかもしれない。

「そういうことじゃないんだ」

男は真剣な口調で言った。「ただ、飯を食って、眠って、風呂《ふろ》に入って……。それなら一人だってできる。家族が一緒にいる意味って何なんだ？」

「わかりません」

恵子は正直に言った。「いずれ、娘は家を出ていくでしょう。就職がきっかけか、結婚するときか、それはわかりませんが、そのうちに親元から離れていくのです。そして、いずれ、主人か私のどちらかが先に死にます。結局一人に戻るのです」

「一緒にいる意味はないというのか？」

「意味はあります。子供を育てた実感があり、いろいろな問題を乗り越えたという思い出があります」

「思い出のためだけに一緒にいるのか？」

恵子はわからなくなった。それだけではないはずだ。だが、家族で一緒に暮らしていることに積極的な意味を見つけようとしている人が、この世にどれだけいるだろう。ばらばらに暮らすより一緒にいたほうがいい。そう感じるから一緒にいるだけという人のほうが多いのではないだろうか？

恵子は、かぶりを振った。

「わかりません。これまで、考えたこともありませんでした」

「浮気はしたことは？」

「少なくとも実行に移したことはありません」

「そういう気分になったことはあるということか？」

「二十年も夫婦をやっていれば、誰でもそうじゃないかしら？」

「あんたの旦那《だんな》もそうなのかな？」

「どうかしら。考えたことはありません」

「どこかで浮気しているかもしれない」

恵子は不愉快になり、何もこたえなかった。男は沈黙に堪えかねたように言った。

「あんたの旦那だって男なんだ」

「そう。多分男なんですね。そんなことは長いこと忘れていました」

「忘れていた？」

「私は、一家の主《あるじ》としての主人を、そして警察官という仕事に誇りを持っている主人を尊敬しているのです」

「愛情は？」

「尊敬が愛情です」

「夫婦としての愛情のことを言ってるんだ」

「だから、夫婦としての愛情が尊敬です」

「旦那はあんたのことをどう思っているんだ？」

「頼りにしていると思います」

「頼りにしている……」

男は何事か考え込んでいた。

長い沈黙。やがて、男はぷいとそっぽを向き、テレビのスイッチを入れた。相変わらず、部屋の中は暗かった。テレビの画面の明かりで部屋の中が照らし出される。

バラエティーをやっていた。若者に人気のある二人組のお笑いタレントが、悪ふざけをしている。しばらく、それを眺めていた男は、吐き捨てるように「くだらない」と言って、洋画にチャンネルを切り換えた。アクション映画で終盤にさしかかっている。

男はスイッチを切った。

「さて、僕は行かなければならない。あんたはまたおとなしくバスルームにいてくれ。心配ない。毛布と枕《まくら》を持っていってやる。寝心地はよくないかもしれないが、トイレを我慢しつづけるよりいいだろう」

またしても、バスルームに閉じ込めようというのだ。

誘拐犯が人質のトイレの心配をする。

それが奇妙なことに思えた。ふと、以前、神経科医がテレビで言っていたのを思い出した。異常にトイレのことを心配するのは、神経症患者の一つの特徴だというのだ。

この男は何らかの神経症を患《わずら》っているのかもしれない。

男は、まずベッドに掛けてある手錠を外した。恵子の右手にはめたままの手錠を持ってバスルームに向かう。あまり警戒しているようには見えない。

逃げ出すチャンスはそうそうないかもしれない。今いる場所がどこかもわからない。だが、とにかく部屋から飛び出せばなんとかなるだろう。

それが無謀なことかどうか考えている暇はなかった。

台所へ出てバスルームの前に来た。恵子は大きく息を吸い込んだ。

今だ。目をつむって男に体当たりをした。

不意をつかれた男は、バスルームの中に倒れ込んだ。恵子は、思いきり右手を引いた。男の手の中から手錠の輪が抜けた。

そのまま、恵子は台所を横切り出口のドアに突進した。ドアを引く。鍵《かぎ》が掛かっていた。思わず声が洩《も》れた。あわてて、ノブを回して内鍵を外した。だが、チェーンがかかっていた。

なかなか外れなかった。ようやくチェーンを外したとき、肩をつかまれた。はっと振り返ると、男が立っていた。

恵子は夢中で殴り掛かった。だが、すべてさばかれてしまった。やがて、男に両手首をつかまれた。

男は軽く足を払った。それだけで恵子は台所に転がってしまった。何気ない動作に見えたが、明らかに柔道か何かをやっている。技の掛け方に無理がなかった。

床に転がった恵子はあわててスカートの裾《すそ》を押さえなければならなかった。男は出入り口の前に立ちはだかっている。恵子は決して犯してはいけない失敗をしてしまったと思った。脱出は失敗し、男を怒らせてしまった。

暴力を振るわれるに違いない。恵子はそう思って恐怖に身をすくめた。男は鍵を元に戻し恵子に一歩近づいた。

殺されるかもしれない。恵子は目を見開いて男を見つめていた。

「こんなことをしても何にもならない。それがどうしてわからないんだ?」

意外にも男の声は落ち着いていた。聞き分けのない子供に言い聞かせているような口調ですらあった。

「さあ、おとなしくバスルームで待っているんだ。明日は朝から仕事なんだ。夕方にはまた戻ってくるよ」

恵子は言いなりになるしかなかった。脱出の失敗がこたえていた。やはり、独力ではどうにもならない。誰かの助けを待つしかない。だが、誰がここにいることに気づいてくれるだろう。

夫は、つきとめてくれるだろうか?

バスルームのドアが閉じる。その向こうに何か重たいものが置かれる音がした。やがて、男が出ていく音。外から玄関のドアに鍵が掛けられた。

男は言葉どおり、バスルームに毛布と枕を置いていた。恵子は悔しく、腹立たしく、歯を食いしばり涙を流した。

ひとしきり泣いて、涙を拭《ふ》くと鏡を見ようと立ち上がった。洗面台の下の排水管に手錠でつながれていたので中腰にしかなれない。鏡を見ると化粧が落ち、眼の下に隈《くま》ができた情けない顔が映っていた。

恵子は、気を引き締め直した。こんな顔をしているのは嫌だ。二度と鏡の中にみっともない顔を見たくない。

顔を洗い、脇《わき》に下がっていたタオルで拭いた。気分が多少すっきりした。

あんなやつに弱みを見せてたまるか。あの男は会話をしたがっている。ならば話をしてやろう。会話でこちらが優位に立つのだ。

恵子は、初台の町で出会った若い警官に一縷《いちる》の望みを持っていた。無器用そうだがあの真剣な目。きっと夫はあの警官にたどり着いてくれる。それが今のところ、唯一《ゆいいつ》の頼みの綱だった。

9

「警備部長脅迫の件はどうなんだ?」

安達の自宅から歩いて十分ほどのところにファミリーレストランを見つけた。氏家が、熱いコーヒーを前にして尋ねた。

「警務部のやつらは定時に帰った。公安は、何をやっているかわからない。聞き込みは今のところ成果なし」

「公安が何かつかんでいる可能性はあるな。あいつらは、隣の机の同僚にも自分のやっていることを秘密にする」

「捜査本部が思いやられるよ」

「どちらが主導権を握るかで、やり方が決まってくるな」

樋口はうなずいた。氏家の言おうとしていることはよくわかった。

刑事と公安は、捜査のやり方が違う。刑事はこつこつと事実を固め、細い捜査の糸を手繰っていく。俗に筋を読むというが、その一本の筋道が大切なのだ。

逆に公安は、外堀から埋めていくのだ。そのための膨大な資料を抱え、情報提供者やスパイをいたるところに送り込んでいる。

公安と刑事が同じ捜査本部で仕事をすると、ほぼ例外なく対立する。公安は刑事を無能と罵《ののし》る。捜査のやり方が違う上に彼らはエリート意識を持っている。

「どうも私は単なる悪戯《いたずら》のような気がするんだが……」

「根拠は？」

「脅迫状の文面から差し迫ったものが感じられない。主張ははっきりしているような気がするが、どうも臭《にお》いが希薄というか……」

「臭いが……？」

「そうだ。生の迫力というかな……、犯人の生活感が伝わってこない」

「刑事の勘か？」

氏家は、独特の皮肉な笑いを浮かべた。

「個人的な印象だ」

離れた席から嬌声《きょうせい》が聞こえた。六人の若者グループだった。男が三人に女が三人。どう見ても高校生だ。生ビールを飲んでいる。

皆、赤い顔をしてはしゃいでいる。一組の男女が露骨にスキンシップをしており、それを見て残りの連中が騒いでいるのだ。氏家は、その席に目をやった。その目には何の感情も宿っていないように見える。

「差し迫ったものだとか、生の迫力だとかいう感覚が、必ず犯罪につきまとうとは限らない。あのガキどもを見ろよ。あいつらは、間違いなく高校生だ。高校生が人前で酒を飲むことに何の罪悪感も抱いていない」

氏家は樋口に視線を戻した。「俺は生安だからガキどもと接している。あいつらは、酒飲むのも、ドラッグやるのも、万引きするのも、強姦《ごうかん》するのも、ただの遊びだと思っている。罪の意識なんてないんだ。だから、差し迫った感じなどない」

「私たちの高校時代には、こっそりと酒を飲んだもんだがな……」

「あいつらは怖いものがないんだ。親も怖くなければ、学校の先生も怖くない。大人が悪いのさ。なめられてるんだ。あいつらは、大人に対してどういう物言いをするか知ってるか？　むかつく。それだけだよ」

氏家はにやりと笑った。「まったく、全員ぶち殺してやりたい」

「つまり、私たち刑事が本物だと感じない場合も、本物であることがあり得るというわけか？」

「あんたが新米刑事の頃は、犯罪に走るやつにはそれなりに理由がある場合が多かった。貧困だとかやむにやまれぬ怒りとか、あるいは切実な男女関係のもつれ……。だが、今の若いやつらはそうじゃない。衝動で人を殺す。喧嘩《けんか》をしているうちに我を忘れて殺しちまう。遊ぶ金が手もとにないからカツアゲをやる。かわいいグッズが目の前にあったから万引きする。そんなのばかりだ。知ってるか？　ガキどもが好きなヒップホップっていうくだらねえファッションや音楽。あれは、ニューヨークあたりのストリートギャングの真似《まね》だ。やつらは、ファッションや音楽だけでなく、ストリートギャングどものやり方まで真似しはじめたんだ。理由もなく罪を犯すのがかっこいいと思ってるんだ。そんなやつらにこの国を任せるのはごめんだ。今のうちに駆除しちまったほうがいい。全員死刑だ」

氏家は、笑いを浮かべながら言ったが、樋口にはその言葉が冗談だとは思えなかった。氏家は本気で腹を立てている。

「若いやつが犯人なら、脅迫状に現実味がなくても本物である恐れがあるということだな」

「そう思う」

氏家はもう一度高校生グループのほうを見た。「あの中にあんたの娘さんがいなくてよかったな」

「うちの娘は、外で飲んだくれたりはしない」

「あの連中の親もそう思ってるさ」

氏家は意を決したように立ち上がり、高校生グループの席に近づいていった。樋口は黙ってその様子を眺めていた。

氏家の声が聞こえてきた。

「おい、おまえら。未成年が酒を飲んじゃいけないという法律を知っているか?」

六人の男女は、一斉に氏家の顔を見た。いちゃついていた少年が言った。

「何だよ、おっさん」

「良識ある大人だよ」

少年は、精一杯凄味《すごみ》のある笑みを浮かべた。

「なめてんじゃねえぞ、おっさん」

「なめてんのはてめえらだ。こっそり飲むんなら大目にも見よう。だが、こうして堂々と法律を無視されたんじゃな」

別の少年が言った。

「関係ねえだろ、てめえには」

少女が言った。

「あっち行けよ、オヤジ。むかつくんだよ」

「おまえら、何、教わって育ったんだ？　幼稚園からやり直せよ」

少年の一人が立ち上がった。

「ごちゃごちゃ言ってると怪我《けが》すんぞ」

「何だ？　俺を脅かすのか？」

「脅しじゃねえぞ」

「害悪の告知だな。脅迫罪もくっつけようか？」

氏家は警察手帳を取り出した。「おまえたち、全員しょっぴくぞ」

六人の少年少女は、一様に目を丸くして動きを止めた。

「俺は生活安全課だから気が優しいんだ。だが、あっちに座っているのは鬼刑事だ。おまえら、ただじゃ済まんぞ」

五人が、女といちゃついていた少年を見た。その少年がリーダー格のようだ。樋口は、氏家の言いぐさに思わずかぶりを振っていた。

少年少女は、次の氏家の出方をうかがっている。氏家はおもむろに言った。

「俺の前からすぐ姿を消せ。でないと、本当にしょっぴくぞ」

リーダー格の少年がじっと氏家を見つめていた。その目にはすでに敵意はなく、怯《おび》えが見て取れた。その少年が、脇《わき》に置いてあったジャンパーを手に取った。それを合図に全員が身支度を整え、大急ぎで席を立った。

氏家は従業員に注意をした後に席に戻ってきた。

「おまえさんがあんなに仕事熱心だとは思わなかった」

樋口が言うと、氏家はにっと笑った。

「ガキどもを教育するのは大人の責任だよ。さ、ぼちぼち行ってみるか?」


安達の部屋に明かりが灯《とも》っていた。

「どうやらお帰りのようだな」

氏家が言った。

ドアをノックするとすぐに安達が顔を出した。樋口の顔を見た安達はひどく驚いた顔をした。

「樋口さん……」

「ちょっと訊《き》きたいことがあってな。夜分に申し訳ない」

「何でしょう?」

「十二月十五日のことだ。君は甲州街道沿いのラーメン屋の前で私の妻と立ち話をしたな?」

「ああ……」

安達は笑顔になった。「お会いしましたよ。その前に一度会ってるんです。奥さんは翻訳家の家をお探しでした。城島という人だったと記憶していますけど……。それが何か……?」

「妻が昨夜から行方不明だ」

安達は表情を曇らせた。

「行方不明?」

「足取りを追っているが、昨日、城島直己の家を出てからの足取りがつかめない。何か知っていることはないかと思ってな……」

「昨日も城島宅を訪ねられたのですか?」

「午後四時から五時の間だったと思う」

「いや、心当たりはないですね」

「妻とはどんな話をした?」

「最初に会ったとき……、交番に道を訊きにいらしたときですが……、案内をしながら世間話をしているうちに、樋口さんの奥さんだということがわかったんです。びっくりしましてね。二度目に見かけたのは偶然だったんですが、僕のほうから声を掛けました。そこで立ち話をしたんです。世間話ですよ。まあ、樋口さんの話もしましたけどね」

「そのとき、妻は何か言ってなかったか?」

「何か?」

「どんなことでもいい。思い出したことを教えてほしいんだ」

「そういえば、二十六日に最後の原稿を届けなければならないとおっしゃってましたね。原稿が間に合うかどうか心配されてました」

「城島氏の家以外にどこかへ行くというような話はしていなかったか?」

安達はしばらく考えた。

「いえ、聞いてませんね」

「妻はこの町で足取りが途絶えた。この町で妻に会ったのは城島直己と君だけなんだ。何か心当たりはないか?」

「正確に言うと、僕の班の部長も会ってます。奥さんがPBに道を尋ねに来られたときに……」

「坂崎巡査部長だな。彼にはすでに会った。君が妻を城島宅まで案内したことを教えてくれた」

「まったく連絡がないのですか？」

「ない。誘拐の恐れもあると、私は考えている」

「誘拐？　奥さんを？　何のために……」

「わからん。だが、刑事はいろいろなやつに逆恨みされる仕事だ」

「犯人の目星はついていないのですね？」

「犯人の目星どころか……」

樋口はひどい疲労感を覚えた。「誘拐かどうかもはっきりしない」

「樋口さんに怨《うら》みがあっての誘拐なら、犯人から何らかの連絡があるはずですね」

「そうだな……」

「あんたと会ったとき、いずれも奥さんは一人だったのか？」

氏家が尋ねた。安達は不思議そうな顔で氏家を見た。樋口が紹介した。

「荻窪署の氏家巡査部長だ」

「荻窪署……？」

「ちょっと事情があってな」

「質問にこたえてくれ。どうなんだ？」

「一人でしたよ。何を疑っているんです？」

「何も疑ってはいない。確認しただけだ」

　安達は、奇妙な顔で氏家を見た。訝《いぶか》っているような顔つきだった。あるいは、かすかな嫌悪感《けんおかん》だったかもしれない。樋口にはその表情の意味がわからなかった。

　安達が樋口に尋ねた。

「捜査態勢は？」

「今のところ、まだ事件にはしていない。だから、私が個人的に捜して歩いているだけだ」

「へえ、個人的に……」

「そこで君に頼みがある。どんなことでもいい。わかったら、連絡が欲しいんだ。私には時間がない」

「時間がない？　それはどういうことですか？」

「月曜日にある事件の捜査本部《チョウバ》が立つ。そうなると、私は個人的に時間を使っている余裕がなくなる。なんとかそれまでにケリをつけたい」

「ある事件の捜査本部？」

「ああ。事情があって、どんな事件かは言えない」

　安達の表情が険しくなった。樋口は、事件のことを詳しく説明しないために安達が腹を立てたのだと思った。安達には情報を提供しろと言っておきながら、樋口の側の説明を充分にしていない。気分を害しても当然だ。だが、警備部長脅迫のことは話すわけにはいかない……。

「そういう問題ですか?」

安達が言った。

「そういう問題?」

「そうです」

安達の語気は強かった。「捜査本部が開かれるからそれまでになんとかしたい……。それ、ちょっとおかしいですよ。奥さんが誘拐されたかもしれないんでしょう? 仕事どころじゃないでしょう。それとも、樋口さんは奥さんのことより仕事が大切だというのですか?」

樋口は驚いた。安達が言うことはもっともなのだ。もし、友人の奥さんが失踪《しっそう》したら、樋口も同じことを言うだろう。今までそのことに気づかなかった。本当に重要なのは何かということを考えられずにいたのだ。

仕事の都合に合わせて問題が解決することを期待するなどというのは、実に虫のいい話だ。世の中そんなに甘くできてはいない。

「君の言うとおりだ。だが、それが私の覚悟だ。月曜日に捜査本部ができたら、妻の件は正式に事件にするつもりだ。そうなると、私の手を離れてしまう。私は直接妻のことを捜査できなくなる」

「誰かに代わってもらえばいいでしょう」

「そうはいかない。それが仕事というものだ。それにね、今、娘がスキー旅行に行っている。妻の失踪のことは知らせていない。心配をかけたくないからだ。娘が帰ってくるのが月曜日の夜。だから、どうしても、それまでに妻を発見したい。そう思っている。私に残された時間は、今夜と明日。ぎりぎりで明後日の夜までしかないんだ」

「すべてを抛《なげう》って、奥さんを捜したいとは思わないのですか？」

「ぎりぎりのところでやっているんだよ」

「そんなあちらも立て、こちらも立てというふうじゃ、事件は解決しませんよ。もっと全力で捜査しなけりゃ……」

「私は、できる限りのことをやっている。だから、君に協力を頼んでいるんだ。実は、この氏家も個人的に協力してくれているんだ」

安達は氏家をじっと見つめて言った。

「思い出しました。例の女子高生の事件のときに、捜査本部で樋口さんと組んだ方ですね？　たしか、荻窪署生安課少年係……」

　氏家は目を細めて言った。

「よく知っているな」

「あの事件は興味ありましたから、いろいろ調べたんですよ」

「将来、刑事になりたいのか？」

「はい。そのつもりです」

「物好きだな……」

「刑事は立派な仕事です」

　氏家は、片方の頰を歪《ゆが》めて笑ったが、何も言わなかった。

「とにかく何か手掛かりが欲しい」

　樋口が言った。「すまんが、協力してくれないか」

「月曜日までに本気で奥さんを見つけたいのですね？」

「本気だ。私のこの手で見つけ出したい」

「わかりました」

　安達はうなずいた。「できるだけのことはしましょう。パトロールをしながら、奥さんのことを聞いて回りましょう。写真はありますか？」

「今は一枚しか持っていない」

「コンビニで何枚かカラーコピーを取りましょう」

「カラーコピー……？　役に立つのかな？」

樋口の頭の中にあるのは、カラーコピーが出はじめた頃の解像度の低い画像だった。

安達は言った。

「充分に役に立ちますよ。自分が行って取ってきましょう」

「いや、一緒に行こう。そのほうが時間の節約になる。そこで君にコピーを渡したら、私たちは別のところを当たってみよう」

「別のところというと？」

「わからん。誰かが何かを見ていることを期待して聞き込みを続けるしかない」

「そうですか……」

安達は、悔しそうな顔をして見せた。それはまるでテレビドラマの中で若いへたな役者が見せるようなわざとらしい表情だった。

最近の若者は皆こんな反応をするのだろうか？　樋口は訝った。

「君の明日の当番は？」

「第一当番です」

「ということは、朝の八時半から午後の四時半までだな？」

「そうです」

「もしかしたら、明日またＰＢに訪ねていくかもしれない」

「それまでに何かわかるといいんですが……」

三人は連れ立って近くのコンビニへ行った。そこには、安達が言うようにカラーコピー機が置いてあった。安達が恵子の写真のコピーを三枚取った。樋口はその画像の鮮明さにすっかり驚いてしまった。技術の進歩というのは素晴らしいものだ。

樋口の頭の中では、コピー機などの技術は学生時代のレベルでストップしている。学生時代は試験の度にコピーを活用したものだ。一枚、五十円くらいしたかもしれない。今では、はるかに安くはるかに便利になっているようだ。

最先端の技術に飛びつくのはいつの世でも若者だ。樋口も学生の頃は新しいものに興味があった。だが、彼が学生だった一九七〇年代の後半は、まだアナログ時代だった。コンピュータは理工学部のごく一部の学生のものでしかなかった。ビデオデッキですら持っている友人はほとんどいなかった。オーディオはまだレコード針を使っていた。

今ではレコード盤はすべてＣＤに取って代わられた。若者の多くはパーソナルコンピュータを持ち、携帯電話を持っている。そしてこの美しいカラーコピーを街角のコンビニで利用することができる。

樋口は、今の若者たちのことが心配になる。これから彼らはどういう社会で生活していくのだろう。便利さというのは人間の本来の能力を退化させる。携帯電話はたしかに便利だが、それに慣れた若者が、もし電話も通じない土地で暮らすはめになったらどうなってしまうのだろう。

樋口は、自分が若かった頃にはそんな心配などしなかったことに気づいた。こういう心配をするようになったということは、それだけ年を取ったということなのだ。最新のテクノロジーを使いこなしている若者に対する嫉妬《しっと》があるのかもしれないと樋口は思った。

若さが持つ貪欲《どんよく》さと可能性に対する嫉妬。年配者が若者を不愉快に思う最大の原因はそこにあるのかもしれない。少年少女が大人に反感を抱くのと同様に、年配者は若者に腹を立てる。いつの時代でもそれは変わらない。ただ、立場が入れ代わるだけだ。

安達は一枚のカラーコピーを樋口に渡し、自分は二枚持った。

「明日、パトロールのときに住民に尋ねてみます」

「すまんな」

安達は駆け足でアパートに戻った。その軽快な足取りを見て、樋口はかつては自分にもあのフットワークがあったのかもしれないと思った。

10

「これからどうする？」

安達と別れると、氏家が尋ねた。樋口にもどうしていいかわからなかった。依然として妻がどこにいるのかわからない。時間だけが過ぎていく。苛立《いらだ》ちが募った。

「どうすると言われてもな……」

「あんた、帰って寝たほうがいい。昨夜は寝ていないのだろう？」

「寝ていない。だが、眠る気にはなれない」

「気持ちはわかるが、それじゃいざというときに役に立たないかもしれない」

樋口は、大きく息をついた。

「帰って一人で家にいる気にはなれないな……。こうしてこのあたりを一晩中歩き回っていたほうがいい。おまえさんは付き合うことはないぞ。帰ってくれ」

「一人でいる気になれないという男を一人にはできないな」

「明日の仕事もあるだろう」

「明日は日曜だよ」

そうだった……。私はそんなこともわからなくなっている。休息が必要なのはわかっている。だが、どうしても家に帰って眠る気にはなれなかった。

「さっきのファミリーレストランにでも行ってみるよ。この町を離れたくない。女房はこの町で姿を消した」

氏家は、溜《た》め息をついてかぶりを振った。

「どうしても自宅に帰りたくないというのはわかった。ならば、もう少しましなところへ行くことを考えよう」

「ましなところ?」

「行くところも金もない中年男が、一時の安らぎを求めて行くところだ」

樋口と氏家はタクシーで新宿の健康ランドへ行った。樋口は、サウナに入る気分ではなかったが、疲れを癒《いや》してしゃんとした気分になればいい知恵も浮かぶと氏家が言い張るので、しかたなく従った。

「サウナに入ってマッサージだ」

氏家は、さっさと服を脱ぎ捨てた。

「二晩続けて、こういうところに来るとは思わなかったな……」

「これで、あんたも立派なビジネス戦士の仲間入りだ」

冷えきった体にサウナはたしかに心地よかった。息を吸い込むと、熱い空気が肺の中に入ってくるのがわかる。乾燥した熱気は体の表面からじわじわと奥へと浸透していき、やがて、かさかさだった体がしっとりと湿りけを帯びてくる。

ぽつぽつと小さな汗の玉が浮き出る頃には、樋口ははっきりと疲労を自覚していた。体の芯《しん》のあたりでがっちりと凝固していた疲れが、溶けて全身に広がってきたような気がする。

汗の玉は急速に大きくなっていき、限界まで達すると筋を描いて流れ落ちはじめた。熱気にじっと耐えていると、修行者のような気分になってくる。樋口は、そういう適度に禁欲的な気分が嫌いではなかった。

冷たい風呂《ふろ》に入り、再びサウナで汗を流す。それを二回繰り返した後、マッサージを受けた。

サウナの熱気で溶け出した疲労が、マッサージで癒されていく。マッサージ師の押《おう》圧《あつ》は確実に、凝り固まった筋肉をほぐしていき、体が新しいものに変わっていくようにすら感じられた。激しい睡魔が襲ってきた。

恵子が見つかるまでは眠るつもりなどなかった。それが、自分の責任であるような気がしていたし、一種の願掛けのような気持ちでもあった。

また、心配で眠れまいとも思っていた。だが、ああ、眠いなと思った次の瞬間、もう意識がなかった。それから、マッサージが終わるまで熟睡した。夢の中で足を滑らせ、びくりと全身を動かして目を覚ました。

「よく眠っていたな」

氏家が言った。二人はマッサージ・ルームを出てロッカーの前にやってきていた。

「ああ。そのようだな。私の妻への愛情も知れたものだということだろうか」

「愛情など関係ない。疲れれば眠る。当たり前のことだ。仮眠用に毛布を貸してくれる。もう少し眠るといい」

「いや、時間が惜しい」

「落ち着けよ。今、初台に戻って何ができる？」

「おまえさんはここで寝てくれ。私は初台に戻ってもう一度考えてみる」

「初台に戻ってあてもなくさまよっていれば、奥さんを連れた間抜けな犯人が、通りの向こうからやってきてあんたにどしんとぶつかるってわけか？」

樋口はその言いぐさに腹が立ち、氏家を睨《にら》みつけた。氏家はふざけているわけではなかった。真剣な顔で樋口を見返している。樋口はたじろぎ、目をそらした。

「そうだな……。おまえさんの言うこともっともだ。眠れば少しはましなことを考えられるかもしれない」

「あっちへ行って場所を確保しよう。毛布をもらってくる」

樋口はごろごろと床に横たわっている男たちをぼんやりと眺めていた。タオルだけを腰に巻いて廊下に横たわっている男もいる。氏家がなんとか二人分のスペースを見つけた。仮眠用の毛布をかぶって横になる。

既視感《デジャヴュ》に襲われた。これは、一度経験していると感じるあの不思議な感覚だ。疲れているせいかとも思った。だが、すぐにその理由に気づいた。

いつだったか、伊豆大島へ旅行をしたとき、フェリーの客室で同じような経験をしているのだ。二等船室は毛布の貸し出しがあり雑魚寝《ざこね》をする。

氏家の言うとおりにしてよかった。樋口は横になったとたん、またしてもたちまち眠りに落ちた。くらくらと目眩《めまい》のような感覚で回りながら深い穴に落ちていくような眠りだった。刑事はたいてい、いつどこでも眠れるようになる。普段それだけ睡眠が不足しているということだ。そして、それがいつしか習性になる。

ひどく喉《のど》が渇いて目を覚ました。喉だけではなく鼻の奥もからからだった。どうやらいびきをかいていたらしい。樋口は疲れたときだけいびきをかく。

目を覚ましたとき、一瞬自分がどこにいるのかわからなかった。ロッカーにのろのろと近づいた。財布を出して自動販売機で冷たい飲み物を買おうと考えた。一瞬、切実にビールが飲みたいと思った。だが、それは控えなければならない。いつ何があるかわからない。こうしている間にも携帯電話に何か連絡が入るかもしれないのだ。

ウーロン茶を買って自動販売機の前で一気に飲み干した。

後ろから声を掛けられて、樋口は振り向いた。自動販売機の前に立ちはだかる形になっていたことに気づいた。白髪混じりの男がコインを持って立っている。樋口は、あわててよけた。

「失礼……」

上品な男だった。かすかに笑みを浮かべて会釈《えしゃく》をするとコーラを買った。背はそれほど高くはない。年齢は五十前後だろうか？　年齢のせいで多少腹は出ているが、まあまあ節制している感じの体つきだった。髪はすっきりと刈ってある。

一流会社の管理職という感じだ。部長といったところか……。

周囲は眠っている人が大半。目覚めている人が話すかすかなざわめき。起きている人はたいていビールを飲んでいる。疲労が滲《にじ》んでいるような空気だが、それは決して陰鬱《いんうつ》なものではなかった。

ここにいる人々は、同じ感覚を共有している。そんな感じがする。もともとクラブというのは、女人禁制の場所で、男たちはそこでスポーツや読書、チェスなどを楽しんだものだ。男たちには隠れ家が必要だ。もしかしたら、この健康ランドというのは知らぬうちに、本来の意味でいうクラブの役割を果たしているのかもしれない。男にはただ沈黙するためだけの場所が必要なこともある。

樋口は、コーラを買った白髪混じりの男にたしかに共感を覚えた。そしてこの健康ランドの独特の雰囲気が、樋口に珍しい行動を取らせた。相手に話しかけたのだ。普段、樋口は見知らぬ人に用もないのに話しかけたりはしない。

「今夜はここにお泊まりですか？」

相手は、ごく自然にこたえた。

「ええ。もう帰る電車もありません」

「よく泊まるのですか？」

「遅くなったときはときどき利用しますね。家に帰るタクシー代よりずっと安く過ごせるし、ストレス解消にもなる。ビジネスホテルに泊まるよりも精神衛生上いいですしね」

「ご家族は何も言いませんか？」

「家族はこういうところに泊まっているなんて知りませんよ」

「ああ……。なるほど……」

「あなたも仕事の帰りですか？」

そう尋ねられて樋口はどうこたえようか迷った。

「ええ、まあ……」

「たいへんですな、お互い。土曜日のこの時間に……。私は、大和田と言います。しがない銀行マンです」

「樋口です」

「お仕事は？」

「公務員です」

「公務員が土曜日の夜にこんなところにいるとは……」

「銀行だって土曜は休みでしょう。それに銀行員というのは私たちよりずっと給料がいいはずです。帰りが遅くなったら、サウナがあるホテルにでも泊まったほうがいいのではないですか？」

大和田はあくまでも上品に笑った。

「お互いに内情を理解し合っていないというところでしょうね。なるほど、公務員といってもいろいろだ。私などの知らない世界もあるのでしょう。そして、あなたは銀行員の生活をよくご存じない。おあいこですな」

樋口は曖昧《あいまい》にうなずいた。

大和田が言った。

「ストレスのたまる職業だそうですね」

「まあ、特にこういうご時世ですからね。何かと世間の風当たりも強い……」

大和田はコーラの残りを飲み干した。

「私ら、がんじがらめですよ。何一つ明るい要素はない。何のために働いているのかわからなくなりますよ」

「いい時代もあったのでしょう」

樋口は皮肉に聞こえないように気をつけて言った。

「今となっては、いつがいい時代だったのか……」

大和田は疲れ果てた表情で笑みを浮かべた。

「バブルの頃とか……」

「そうですね」

大和田の笑顔は悲しげだった。「そんな時代もあった……。しかし、あれは決していい時代ではなかった。皆踊らされただけですよ。政府が作った大きな張り子の大仏にこぞって賽銭《さいせん》を投げたんです。空騒ぎですよ。私は今の世の中のほうがずっと健全だと思います。少なくとも、政府と大蔵省の化けの皮が剝《は》がれつつある」

政治の批判などどうでもよかった。特に今の樋口にはそんな話に耳を貸す余裕はない。話しかけたことを一瞬後悔した。

「まあ、世の中悪いことばかりじゃありませんよ……」

樋口は、いい加減な受け答えをして話を終わらせようとした。大和田が言った。

「勘違いしてもらっては困ります」

「え……？」

「私は今の生活に不満があるわけではないのです。たしかに忙しい。景気は悪く、銀行はいろいろな問題を抱えている。しかし、だからこそ働き甲斐《がい》があるのですよ」

樋口は、意外な思いで大和田を見た。疲れ果てているとばかり思っていた彼の眼に生気が満ちていた。

「ご覧なさい。ここの床や廊下に転がって眠っている人々。仕事というのは戦争です。最前線で闘う戦士たちがここで眠っている。彼らがこの日本を支えてきたのですよ。私は彼らを誇りに思うし、自分の仕事に誇りを持っています」

「しかし、家庭ではあまりいい立場とは言えないようですね」

「家族は、私のことを嫌っていますよ。妻も娘も、仕事のことしか頭にないと私を批判します。家に私の居場所などありません。それでもいいのですよ。妻や娘は、私がささやかながら家を建て、一家を支えてきたことを忘れています。しかし、その事実は残ります。居場所などなくても、私は私の家族を養ったという自信が残ります。私は誇りを持って戦い、死んでいくつもりです」

その口調はあくまでも静かだったが、樋口の胸に響いた。衝撃を受けていた。深夜の健康ランドというのはたしかに奇妙なところだ。ここには、行き場のないサラリーマンがしかたなくやってくるわけではないのだ。アメリカのエグゼクティブが一時世俗から離れてくつろぐように、戦いに疲れた兵士が傷と疲れを癒《いや》すように、積極的にここへやってくるのだ。

そして、彼らのすべてが疲れ果ててやる気をなくしているわけではない。そして、家庭を顧みず働くことが悪だと言われつづけたぬるま湯のような時代が、すでに終わりを告げていることを知った。ビジネスの世界はまさに戦場と化しているのだ。

中年サラリーマンたちは、樋口が想像していたよりずっとたくましい。さきほどファミリーレストランで見かけた若者たちのいいかげんさとは対照的だった。大和田の言葉からは、間違いなく社会を支えてきたのだという気概が感じられた。

樋口は勇気づけられた気分だった。少しだけ気分が軽くなった。大和田はもうひと眠りするつもりだと言って樋口のもとを去っていった。

寝ていた場所に戻ると、氏家も目を覚ましてあぐらをかいていた。腕を組んで思案顔をしている。

「おまえさんも起きちまったのか？」

「夢のお告げがあった」

「何だって？」

樋口は苦笑したが、氏家はいたって真面目《まじめ》だった。氏家は樋口の顔を見つめると言った。

「安達が夢の中に出てきた」

「さっき会ったばかりだからな。不思議はないさ」

「俺たちは、二人で捜査を続けているが、その後ろに常に安達がついてくるんだ」

「夢の中の話か？」

「そうだ。俺は安達が後ろにいることがわかっている。だから、捜査がやりにくくてしょうがない。俺たちが捜査している内容を安達に知られたくないんだ。だから、俺は安達の目を気にしながら、尋問の相手に、ちょっとここでは訊《き》きづらいのですが、などと言っている……」

「おい、それがどうかしたのか？」

「どうして俺は、やつに捜査の内容を知られたくないんだ？」

「何を言っている？　寝ぼけているのか？」

「考えていたんだ。安達は、決して俺たちと一緒に捜査しているわけじゃない。だが、後ろからぴたりとついてきている。俺はそれをものすごく気にしている。なぜだ？」

　樋口は、付き合いきれないというようにかぶりを振った。

「おまえさんの夢の話だ。わかるわけがないだろう」

　樋口は氏家の顔を改めて見た。その目が妙に真剣なので、おかしくなってしまったのではないかと訝《いぶか》った。

「夢というのはな、潜在意識から顕在意識へのメッセージだ。自分で気づいていないことを教えてくれることがある」

「そうか」

　樋口は気づいた。「おまえさん、心理学を専攻していたんだな。つまり、こういうことか？　おまえさんは、自分では意識していなかったが、実は安達のことが気になっていた……」

「たしかに安達のことが気に入らなかった。ただ肌が合わないというだけじゃない。あいつは、仮面をかぶっている。本当の自分を見せようとしない。それが感じられたので、俺は苛々《いらいら》していた」

「だったら、私にも苛立つだろう」

「どうしてだ？」

「安達と私は似ている。捜査本部で会ったときにそう感じた」

氏家はきっぱりとかぶりを振った。

「あいつとあんたはまったく違う。あいつのは仮面だが、あんたのは化粧だ」

「化粧だって？」

「心理学的にはいろいろな意味がある。相手への媚《こび》とか、自分をよく見せたいとかいう意味合いもあるが、戦闘の際のメークアップという意味もある。つまりは、相手や畏《おそ》れの対象に向けた演出だ。だが、仮面はそれとは違う。完全な逃避行動だ。自分に嘘《うそ》をついているということだし、仮面は殻に通じる」

「たしかに安達はそういうタイプかもしれない。だが、だからどうしたというんだ？私たちの捜査とどういう関係がある」

「そこだよ。ただあいつが気に入らないだけじゃなかったのかもしれない。俺の潜在意識は何かを嗅《か》ぎつけたんだ。夢の中で、常に安達が後ろにいるというのは、安達がこの件に関係していることを示唆しているような気がする。そして、俺が彼に捜査の内容を知られたくないのは、彼が捜査される側の存在だからだ」

　樋口は一瞬、絶句して氏家を見つめた。

「何をばかな……。あいつは警察官だぞ。いいか、私は夢判断などできない。心理学なんぞに縁はないからな。だが、常識的に考えることはできる。安達がおまえさんの夢に出てきたのは、会ったばかりで新鮮なイメージがあったからだ。そして、安達が常に私たちの後ろにいたのは、私たちが彼の助けを必要としているからだ。おまえさんがあいつに捜査の内容を教えたくなかったのは、あいつへの個人的な反感からだ。おまえさんがあいつに質問したときの、あいつの眼には私も気づいた。なぜか、反感が感じられた。おまえさんはきっとそれに反応したのだ」

　氏家は目だけ動かして樋口の顔を見た。そのまま見つめていたが、やがて言った。

「悪くない解釈だ。だが、考えてみれば不自然な点があるような気がする」

「不自然な点？」

「そうだ。あいつは、以前俺とあんたが加わった捜査本部のことについて詳しかった」

「興味があると言っていただろう。刑事になりたいんだ。事件に興味を持つのは悪いことじゃない」

「なんで俺の名前まで知っていたんだ？　普通、あんたが誰と組んでいたかなんてことは知らないよ」

「自分を慕っているやつはかわいい。だから、あんたはあいつを疑いたくないんだ」

「好奇心が旺盛《おうせい》なんだろう。あるいは研究熱心なんだ」

「そういうことじゃない。あいつを疑う理由がないんだ」

「そうかな？　奥さんは初台に少なくとも二人の知り合いがいた。そのうちの一人が安達だ。安達は、初台で二回、奥さんに会っているんだ。そして、彼はあんたに興味を持っていた。憧《あこが》れていたと言ってもいいだろう。こいつは偶然だろうか？」

「偶然じゃないとしたら何なんだ？」

　氏家は肩をすぼめた。

「さあな。どういうことなのか、俺にだってわからんさ。ただ、引っかかるだろう？」

「そうかな？」

「おい、樋口係長ってのはその程度の刑事なのか？」

「たしかに、安達は私を手本にしたいというようなことを言っていた。だが、それはおそらくおべんちゃらだ。あいつは仮面をつけていると言ったのはおまえさんだぞ」

「そう。本当の自分を見せようとはしない。だが、話すことすべてが嘘とは限らない。本気のような冗談、冗談のような本気。それが仮面をかぶっているやつらの得意な話し方だ。安達は本気で言ったのかもしれない」

「ならば、なおさらだ。私を憎んでいるというのなら話はわかる。だが……」

氏家はなぜか少しばかり悲しげな顔をした。

「ああいうのは複雑な場合が多い」

「複雑……？」

「感情と行動がストレートに一致しない。例えばだ。小学生が、よく好きな女の子をいじめるだろう。自分ではそんなことをしたくないのに、ついいじめて泣かせてしまう。大人になるにつれて、そういう行動は取らなくなる。人間関係のトレーニングができるからだ。しかし、小学生のような人間関係を大人になっても引きずるような連中がいる。理由はさまざまだが、いずれにしろ大人になりきれないやつらだ」

「安達がそうだというのか？」

「断言はできない。だが、仮面をかぶって生活している連中は、人格が未熟で人間関係にも習熟していない場合が多い」

「心理学者は、程度の問題ということを忘れがちだ」

氏家はまた肩をすくめた。

「まあ、そういう傾向はあるな。どの程度が異常でどの程度が正常か、意見が分かれるところだ」

安達を疑う理由はない。夢を見たというのが氏家の根拠だ。そんなものは根拠とは……。

樋口は、心の奥底から何かが浮かび上がってくるのを感じた。暗く深い潜在意識の淵《ふち》から静かに浮上してくる。ともすれば再び暗い深みに沈んでいきそうになる。

神経を集中した。

何だ？　私は何を思い出そうとしているんだ？

氏家が尋ねた。「何を考えている？」

「どうした？」

「代々木署の捜査本部の最後の日だ……」

樋口は、記憶をしきりにまさぐっていた。

氏家は眉《まゆ》をひそめて樋口を見つめている。

「書類を書き終えて、ようやく捜査本部解散となり、一杯やっていたときのことだ。安達が私に酒を注ぎに来て話をした。そのときは気にしなかったのだが……」

「何だ？」

「彼は私の家族構成を知っていた」

氏家が何かを語りたげな表情で樋口を見つめた。

「そして……」

樋口はさらに言った。「彼は、私と女房の馴《な》れ初《そ》めを知っていたようだった。私が女房と知り合ったのが大学時代だと知っていたんだ」

「それを捜査本部で話したことは？」

「ない」

樋口はそう言い切ってから、言葉を濁した。「いや、ないと思う……」

氏家は小さく何度もうなずいた。

「仕事の手本にするというのはわかる。だが、奥さんとの馴れ初めや家族構成まで知っているというのは普通じゃないような気がする」

「どうかな……」

樋口は、冷静に考えようとした。「私は知らないうちに誰かに話したのかもしれない。それをたまたま聞いていた可能性はある」

「そうでない可能性もある」

樋口は氏家の顔を見て、すぐに目をそらした。

「そうだな……」

「あんたのマンションの周りをうろついていたストーカーらしい男というのは、本当にあの大森雅之という高校生だったのだろうか？」

「何だって？」

「たしかに俺が話を聞いた住民も若い男だとは言っていた。だが、みんながみんな高校生のようだと言ったわけじゃない」

「だが、大森雅之はたしかに何度もマンションの近くにやってきていたと言っていた」

「もう一人いたとしたら？」

樋口は、氏家が何を言おうとしているのか理解した。かすかな興奮を感じていた。捜査が一歩前進したときに感じる独特の興奮だ。狩人が獲物の足跡を見つけたときの喜びに似ているかもしれない。

樋口は立ち上がった。

「どこへ行くんだ?」

「やるべきことが見つかったような気がする。代々木署へ行く」

「ちょっと待て。何時だと思っている?」

時計を見ると午前四時を過ぎたところだった。

「俺たちに時間は関係ない」

氏家は、一瞬樋口の顔を見つめ、諦《あきら》めたようにかぶりを振った。

代々木署にいた地域課の主任は、樋口のことを親の仇《かたき》を見るような目で見つめた。

午前五時になろうとしている。徹夜に慣れているとはいえ、第二当番の一番辛《つら》い時間帯だ。そこへ闖入者《ちんにゅうしゃ》が現れ、理不尽なことを言っている。

「どういうことなんだい？　安達巡査の写真を出せというのは？」

樋口は言った。

「確認したいことがあると言っているだろう」

「何を確認したいのか説明してほしいね」

樋口はできれば説明したくなかった。安達に知られたくなかったのだ。この主任を口止めすれば済むことかもしれない。しかし、人の口に戸は立てられない。

しかも、この主任にとって樋口はよそ者であり、安達は身内だ。安達に味方したくなるのが人情だ。

「べつに安達巡査の勤務態度を取り沙汰《ざた》しようというんじゃない。本当に、ちょっと確認したいだけだ」

「人事関係の書類をいじる権限は私にはないよ」

「でも、手の届くところにあるのだろう？　私は、彼の顔写真が欲しいと言っているだけだ。べつに彼の経歴をすべて知りたいと言っているわけじゃない」

本当はその情報も欲しかった。しかし、これ以上この主任に警戒されるわけにはいかなかった。

樋口はひどく苛立《いらだ》っており、もう少しで癇癪《かんしゃく》を起こすところだった。そのタイミングを見計らって氏家が言った。

「問題がこじれたとき、解決する最良の方法は本当のことを言うことだ」

それは、樋口に向かって言ったというよりも独り言に近い感じだった。

そのひと言で我に返った。自分がひどく短気になっていることに気づいた。理性に自信が持てなくなってきている。

樋口は、自分を落ち着かせるために一度深呼吸をしてから言った。

「私の妻が失踪《しっそう》した」

地域課主任は、不思議そうな顔で樋口を見た。

「それは何かの冗談かね？」

「そうじゃない。金曜日の夜から姿をくらまし、一切連絡がない。足取りを追ったところ、この初台の周辺で消息を絶ったと思われる。そして、もしかしたら、安達巡査が何か知っているかもしれないんだ」

「本人に尋ねてみればいいだろう。たしか、彼は次の第一当番だから、八時半には署にやってくる」

樋口は、両目の間を指で揉《も》み、かぶりを振った。

「本人には尋ねた。何も知らないと言った」

「ならば何も知らないのだろう。なぜ、写真が必要なんだ?」

「彼を疑うことは、私だって本意じゃない。だから、確認を取りたいんだ。それが警察の仕事だろう? 何もなければそれでいい。病院の検査のようなものだ。異常ないことを証明するためにも検査は必要だ」

主任は樋口の顔をじっと見ながら考えていた。そして、氏家の顔を見た。樋口はそのとき氏家がどんな顔をしていたかわからなかった。しかし、主任にプレッシャーを掛けていることだけは明らかだった。

やがて、主任は負けたというように両掌《りょうて》を樋口に向けた。

「私の独断で写真をお貸しする。その代わり、できるだけ早く返していただきたい。明日、私は明け番で明後日が日勤だ。明後日の午前中に返却してくれるかね?」

「約束する」

主任は、立ち上がり、人事関係の書類を取りに行った。

氏家が言った。

「写真を持って、あんたのマンションで再度聞き込みをするというわけか？」

「そうだ」

「今からあんたのところへタクシーを飛ばすと、六時前には着けるな」

「道が空いているから、五時半には着けるかもしれない」

「あんたのところで、少し眠れるかな？」

「ああ、そうだな」

樋口は目をこすった。「お互い、もう少し横になったほうがよさそうだ」

主任が安達の顔写真を持って戻ってきた。警察手帳に貼《は》るのと同じ大きさの顔写真だ。小さいが人相ははっきりわかる。制服を着ている点が、聞き込みにあまりよくない影響を与えるかもしれないが、仕方がなかった。

樋口は主任に礼を言って代々木署を出た。

たった一人でバスルームに閉じ込められていると、ひどく惨《みじ》めな気分になり、何もかもが嫌になってくる。なんとか自由になりたい。その望みは大切だが、その気持ちが強すぎるとパニックを起こしそうになる。

パニックなど、欲求が満たされない子供が泣きだすのと同じことだ。つまりは幼稚な感情でしかない。恵子は自分にそう言い聞かせ、なんとか自分を失わずにいた。

じっと耳を澄ました。隣の部屋の音が聞こえないかと期待したのだ。もし隣の音が聞こえるとしたら、こちらの音も向こうに聞こえるということだ。

だが、隣からは物音が聞こえてこなかった。人が住んでいないか、あるいは留守にしているかのどちらかだ。

自力で逃げ出すのは不可能に思えた。助けを求めることもできない。あの男は、たしかにどこか異常だが、目的を達成するという点においてはたしかに有能だ。用心深く隙《すき》がない。

個人の人格が異常だということと、社会的に異常だということはイコールではないのだとあらためて思った。

あの男は、何でもできると思っている。あるいは、自分のやることは何でも許されると信じているのだ。

それは、三歳児のメンタリティーでしかないと恵子は思った。三歳くらいの子供は一番かわいい。親は三歳児のやることはたいてい何でも許してしまう。

　あの男は、ずっと親から三歳児のような扱いを受けてきたのではないだろうか？　おそらく一人っ子に違いない。子供というのは、まず第一に兄弟の中で社会性を養う。そのためには三人以上の兄弟が望ましいと、何かの本で読んだことがあった。

　二人では社会は成立しないが、三人になると社会ができるというのがその本の論旨だった。つまり、二人では好きか嫌いかという個人的な問題しか起きないが、三人になると、自分の利益のためにもう一人を抱き込んで、残りの一人を孤立させるという計画性が生じる。すなわち、それが社会性だというのだ。

　二人兄弟でもなかなか社会性は芽生えない。ましてや一人っ子では、望むべくもない。一人息子は甘やかされ、他人との距離をうまく計ることができなくなる恐れがある。

　照美も一人娘だ。その点、恵子は注意して照美を育てた。積極的に外に出すように心掛けたし、できるだけ理性的に話し合うように努めた。

　学生時代の留学経験が役に立った。交換留学生をホームステイさせるくらいの家庭は、裕福であると同時に、知識階級であることを意味している。アメリカの知識階級の子育てはなかなか厳しい。子供をかわいがるのは当然だが、無前提にわがままを認めたりはしない。自主独立ということを学ばせるために苦労をさせる。甘やかすことで子供をだめにすることを極度に恐れるのだ。

日本の親はその点、実に甘い。恵子はそれを肌で感じて帰国した。いい意味での個人主義を照美に教えようとし、それはそこそこ成功している自信があった。

そして、男と女の差は否定できなかった。

子育てをするのは、日本では残念ながら母親の仕事と考えられている。そして、一人息子に対する母親の愛情と、一人娘に対する母親の愛情はおのずと差があるのだ。母親は一人息子を無条件に愛する。だが、娘だとある程度距離を置くことができる。それればかりか、ある瞬間、娘に女として嫉妬心《しっとしん》を抱くことさえある。

照美の場合と、あの男の場合にはそうした違いがあるのだ。

恵子はそう考えた。

もし、想像が正しければ、あの男が立ち直ることはほぼ絶望的かもしれないと思った。あの年齢までそういう育ち方をしてしまったのだ。今さら恵子がどう説得しようと耳を貸すまいという気がした。

いや、いけない。ここで弱気になっては……。

恵子が留学先で学んだのは、アメリカ人の単純な善意の強みだった。日本人はシニカルに、どうせやってもむだだと考えがちだ。しかし、アメリカ人は、正しいと思ったことを実行するのに躊躇《ちゆうちよ》しない。まずはやってみる。それがアメリカ人のエネルギーなのだ。

やってみてだめだったら他の手を考える。恵子はそれが人生において実に有効なことだと感じた。そして、常にそういう生き方をしようとしてきた。

とにかく、あの男と話をするのだ。幸い、男は話したがっている。大人になるチャンスは幾つになってもある。恵子はそう信じることにした。そして、それをあの男に教えてやらねばと思った。

恵子は、毛布を体に巻きつけていた。バスルームの中は寒くはない。おそらく、あの男は、部屋のエアコンをつけたまま出ていったのだ。

今のところ、恵子に悪意は抱いていない。冷静に考えるとそう理解できる。その点も、恵子にとっては有利な材料だった。

そう覚悟を決めると、少しだけ気分が楽になり、ゆっくりと睡魔が忍び寄ってきた。眠ろう。

説得するには体力と頭の回転が必要だ。そのためには睡眠が不可欠だ。

恵子は毛布をしっかりと体に引き寄せ、横になった。ユニットバスの床は狭かったが、体を丸めてなんとか横になった。

目を閉じて、眠りがやってくるのを待つ。やがて意識が漂いはじめる。眠りに落ちる直前、恵子は思った。

それにしても、彼は私に何を見せようというのだろう……。


樋口は目を覚ましてまずコーヒーが飲みたいと思った。台所へ行ったがコーヒー豆やペーパーフィルターがどこにあるのかわからず、引き出しや戸棚を開けて探さねばならなかった。

しばらくコーヒーなど淹《い》れていない。恵子はコーヒー・メーカーで淹れたコーヒーはすぐに煮詰まってしまってまずいと言い、飲む分だけをフィルターで淹れる。湯を沸かして、なんとかやってみる。挽《ひ》いた豆の分量がよくわからない。ポットにはやけに薄いコーヒーができてしまった。

台所の物音で、リビングルームに寝ていた氏家が目を覚ました。

「どのくらい眠った？」

「二時間くらいだな。今、八時を過ぎたところだ。コーヒー飲むか？」

「ああ、ありがたいな」

氏家は差し出されたコーヒーを一口飲むと、怪訝《けげん》そうに言った。「どうしてこんなに薄いんだ？」

「いよいよ、今日一日になってしまった」

樋口は、希望が萎《しぼ》んでいくのを感じていた。時間がたつにつれ、思考が悪いほうへと傾いていく。

もしかして、妻はもう死んでいるのではないだろうか？　まだ生きてはいるが、捜し出すのに手間取り、結局間に合わないのではないだろうか？

そうなったら、照美には何といえばいいのだろう？

氏家が、樋口の暗い表情を見て言った。

「聞き込みの成果があるといいけどな」

「なければ困る」

「焦《あせ》ったところで事態がよくなるわけじゃないんだぞ」

「とにかく出掛けよう。安達の写真は一枚しかないから、二人一緒に回らなければならない」

「わかったよ」

「すまんな。女房がいれば朝飯の用意をさせるんだが」

「ああ、今度来る時はたっぷりと奥さんの手料理をごちそうになるよ」

最上階から始めることにした。エレベーターで六階まで昇り、すべての部屋の住人に安達の写真を見せて回る。六階はすべて空振り。写真を見て、見覚えがあると言った者は一人もいなかった。

五階に住む若い主婦が、安達の写真を見て、もしかしたらストーカーかもしれないと言った。彼女は、若いストーカーの姿を見かけた住民の一人だった。

「よく見てください。本当にこの男でしたか？」

「そんな気もするんですけどね……。でも、この人、警察官なんでしょう？」

「ええ……」

「じゃあ、ストーキングじゃなく、仕事で張り込みをやっていたというわけ？」

「そういうこともあり得ます」

これは嘘《うそ》だ。警視庁代々木署地域課の巡査が、神奈川県警の縄張りであるこのあたりで張り込みをやるはずはないのだ。

若い主婦は首を捻《ひね》った。

「そうねえ。どちらとも言えないわね。この人だった気もするし、そうでなかった気もするわ」

樋口は、落胆したが同時になぜかほっとしたような気分だった。

結局すべての部屋を回っても、はっきりと安達に見覚えがあると言った人間はいなかった。だが、この男だったかもしれないと、曖昧《あいまい》ではあるが、可能性を匂《にお》わせた住民がさきほどの若い主婦を含めて三人いた。

反対に、はっきりと否定した住民もまた三人いた。彼らは、ストーカーはもっと若かった、明らかに高校生くらいだったと言った。

樋口と氏家は、コンビニで弁当を買って樋口の自宅へ戻り、遅めの朝食を摂《と》った。おそらく、これが朝食兼昼食となるだろう。

氏家は焼き肉弁当を頬張りながら言った。

「やはりストーカーが二人いたと考えてよさそうだな」

「ああ。しかし、それが安達と決まったわけではない。住民の供述があまりに曖昧だ」

「その制服のせいかもしれない」

「制服のせい?」

「そうだ。制服というのは時に、個人のパーソナリティーよりも強く作用することがある。特に警官の制服は一般人にいろいろな感情を呼び起こさせる」

氏家はにやりと笑った。「俺は看護婦やスチュワーデスの制服を着ているだけで惚《ほ》れてしまいそうになる」

「住民の供述が曖昧なのが制服のせいだとしても、どうしようもない。今、私たちにはこの写真しかないんだ」

「少し工夫することはできると思う」

「どうやって？」

「安達があんたの奥さんの写真をどうしたか思い出してみろよ」

「コンビニのカラーコピー機を使った」

「雑誌か広告の切り抜きと組み合わせて、あの写真に別の服を着せて、拡大コピーを取れば……」

樋口はやってみることにした。警察の捜査では、ばかばかしいと思えるようなアイディアが功を奏した例がいくらでもある。捜査や取り締まりはアイディア合戦でもある。

さっそく、新聞広告や雑誌をめくって使えそうな写真を探した。安達の顔写真と同じくらいの大きさで、上半身だけ使えればいい。何種類か試して、結局、紳士服の安売り店の広告が使えそうだった。

広告の男性モデルの写真を切り抜き、写真の顔と首を丁寧に切り取る。それを安達の写真の上に載せた。セロハンテープでそのまま白い台紙の上に軽く固定した。それを持って弁当を買ったコンビニへ行き、コピーを取った。

カラーコピー機ではなかったが、もともと安達の顔写真がモノクロなので問題はなかった。濃淡や拡大率を試しながら何枚か取った。十枚ほどコピーしたところでようやく気に入ったものができた。

「ストーカーが安達だったかもしれないと言った三人に、もう一度これを見てもらうか？」

氏家が言った。樋口はそうすることにした。なかなか見事なコラージュ写真だった。コンピュータ合成には比べるべくもないが、充分実用に耐える出来ばえだ。

顔は同じだが、服装と写真の大きさや画質が変わったことで別の結果が得られるかもしれない。広告の切り抜きやコピーの試行錯誤の時間が無駄ではなかったことを祈りたかった。

しかし、やはり三人は、はっきりとこの写真の男だったとは断言できなかった。樋口は、徒労感を覚えたが、またしても心のどこかで安堵《あんど》していた。

樋口は密《ひそ》かにその理由について考えていた。結局、安達を犯人だとは思いたくないのだという結論に達した。誰だって自分を慕っている部下はかわいいものだ。それに、安達を疑いはじめたきっかけが氏家の夢だったという点に、まだ若干のひっかかりを持っていた。

安達が犯人ならば、妻を見つけることができる。だが、同時に、安達を疑うことを躊躇している自分がいる。

「決め手にはならなかったな」

氏家が言った。さすがに氏家も疲れの表情を隠せなくなってきている。樋口は頭を搾《しぼ》った。幸い、仮眠を取ったことで頭の回転は悪くはないようだ。

「あの高校生だ」

樋口は言った。

「大森雅之か？」

「そうだ。もしかしたら、二人のストーカーがダブっていた日があるかもしれない」

氏家が溜《た》め息をついた。

「確率の問題だな。あまり当てにはできない」

「大森がもう一人のストーカーを目撃しているかもしれない」

「根拠のない推論だが、今はそれにすがるしかないか……」

「わずかの可能性であっても当たってみる価値はある」

「刑事の勘というやつか?」

「勘じゃない。あくまでも可能性の問題だ。刑事は勘で動いたりはしないよ」

「わかった。大森の自宅を訪ねてみよう」

氏家は手帳を出して、メモしていた大森少年の住所を確認した。「宮前区鷺沼だ」


大森雅之の自宅は分譲マンションの一室だった。樋口の家より広そうだった。まず母親が出て、警察手帳を見せて雅之に会いたい旨《むね》を告げると、ひどく不安そうな顔をした。

樋口は、まず母親を安心させなければならなかった。

「雅之君に協力していただきたいのです。写真を見てもらいたいだけなのです」

母親は、恐れと猜疑心《さいぎしん》に満ちた目を樋口たちに向けていたが、そのうちに、言うとおりにするしかないと悟ったようだった。奥に向かって声を掛けると、ややあって雅之が現れた。

雅之は、樋口の顔を見るとたんに顔色が悪くなった。不安に目を見開いている。抗議をしたいが、何をどういっていいのかわからない様子だ。

樋口は、何も心配することはないのだという気持ちを込めて微笑《ほほえ》んでみた。しかし、それがどの程度うまくいったかはわからない。もしかしたら、意地の悪い笑いに見えたかもしれない。

「休みの日にすまないね」

樋口はできるだけ穏やかに言った。まだ母親が雅之のすぐ後ろにいた。樋口は、母親に言った。

「息子さんと私たちだけにしていただけますか？　ご心配いりません。すぐに済みます」

母親は不安げな表情で一同の顔を見回すと、不承不承奥の部屋へ引っ込んだ。

雅之はまだひと言も口をきいていない。樋口の家の近所をうろついていた。それだけのことで、刑事が二人自宅を訪ねてきた。雅之にしてみればそういうことになる。面食らっているに違いない。そして腹を立てているはずだ。

「君に協力してもらいたくてやってきたんだ。べつに、こないだのことをとがめに来たわけじゃない」

雅之は、警戒心を解かない。恨みがましい目でじっと樋口を見ている。

「君は何度か、私が住んでいるマンションの近所へやってきた」

「やっぱりそのことですか?」

「そうじゃないんだ。そのときに、誰か別の人間に気づかなかったかね?」

「別の人間?」

雅之は、戸惑った。「それはどういうことです?」

「つまり、君以外にあのあたりをうろついていた人物ということだ」

「さあ、どうかな……」

「思い出してくれ」

雅之は、あまり協力的な態度とは言えなかった。刑事が自宅に訪ねてきたことで恐れていたし、恐れている自分が腹立たしいのか、ふてくされたような態度だった。

氏家が言った。

「俺たちが捜していたのは、君じゃないかもしれない。もう一人いたとしたら、そっちが本命なんだ」

雅之は氏家の顔を見つめ、それから樋口に視線を戻して尋ねた。

「いったい何のことですか?」

「私たちは、近所の人からストーカーのような男があたりをうろついているという知らせを受けて捜しはじめた。そして、まず君を見つけた。だが、君とは別にもう一人ストーカーがいるかもしれないと考えはじめたのだ。そして、そちらのほうは、君と違って犯罪性があるかもしれない」

ようやく雅之は本気でこたえる気になったようだった。

「これ、言い訳に聞こえるかもしれないんで言わなかったんですけど……」

「何だ？」

「たしかに変な人がいました」

「どんな人だった？」

「男です。若い人ですよ。ナイキのキャップをかぶってサングラスを掛けていました。その人は、スポーツバッグを持っていて、その中には望遠レンズのついた一眼レフカメラが入っていました」

「ちょっと待て、どうしてバッグの中にカメラが入っていることがわかったんだ？」

「ときどき取り出して、写真を撮っていましたから……」

「何の写真を？」

「さあ、知りません。ちょっと離れたところから見ていただけだし……。僕だって、あまり堂々としていられる立場じゃなかったし……」

樋口はうなずいた。

「その男を何度くらい見かけた？」

「一度だけですよ」

「帽子にサングラスか……。人相はわからないな……」

「顔、見ましたよ」

樋口は、しめたと思うよりも、なぜと考えてしまった。

「どうして顔が見られたんだ？」

「カメラで何かを狙《ねら》っているときに、一度だけサングラスを外したんです。きっとファインダーをのぞいてみて暗かったんでしょうね」

「顔を覚えているか？」

「さあ、どうでしょう。たぶん覚えていると思うけど……」

樋口は、安達の写真のコピーを取り出した。制服姿ではない。

「この写真を見てくれ」

雅之はまずじっと見つめ、それから首を左右に傾《かし》げて眺めた。

「君が見かけた男というのは、その写真の男か？」

「ええ、多分この男ですよ」

「多分じゃ困るんだ」

「無理ですよ。ずいぶん前のことだし、じっくり顔を見たわけじゃないし。でも、そんな感じの男でしたよ」

「実物を見たら、はっきりするかな?」

「どうでしょうね……。まあ、写真よりはわかりやすいと思うけど……」

「裁判のときに証言できるか?」

雅之は考えていた。もう一度写真を見る。

「もしそうなってても正直に言うしかないですね。断言はできない。でもこの人のような気がするって……」

なかなか賢い子じゃないか……。

樋口はうなずいて写真のコピーを受け取った。

「訊《き》きたいことはそれだけだ。協力してくれて感謝するよ」

樋口は、氏家にうなずきかけた。帰ろうとすると、雅之が言った。

「待ってください。犯罪性があると言いましたね。その男、何をやったんです?」

「すまんが、それは言えないんだ」

「そうですか」

「それじゃあな……」

「あの……」

「何だね?」

雅之は何事か言おうとしていたが、どうしても言い出せないようだった。何を言おうとしているのか、だいたい想像がついた。しかし、照美の父親としてはここでその話を聞くつもりはなかった。筋が違う。

「いえ、何でもありません」

結局、雅之は何も言い出せなかった。

一瞬、男としての勝利を感じた。だが、氏家がかすかに笑みを浮かべているのを見て、それはすぐに霧散してしまった。

「ますます安達が怪しくなってきた」

氏家が言った。「あいつは、今頃、平然と勤めに出ているんだ。初台のＰＢへ行こう」

樋口は、歩きながら足元の歩道を見つめていた。判断に困っていた。

本当に氏家が言うとおり、安達は怪しいのだろうか？　これが通常の捜査なら次にどうしたらいいか、頭が働くはずだ。

自分を慕って近づきつつあった若者に、妻を誘拐した容疑が掛かる。いったいこれをどう考えればいいというのだろう……。

「ＰＢへ行ってどうする？」

樋口は氏家に尋ねた。それは、非難でも恫喝《どうかつ》でもなく、純粋な質問だった。どうしていいかわからないのだ。

「安達をとっつかまえて締め上げるんだ」

樋口は首を横に振った。

「そんなことをしても、何にもならん」

「どうしてだ？　安達が怪しいという根拠は昨夜話しただろう。あんたもそれは認めたはずだ」

「疑おうと思えば疑える。事実、私は疑っている。しかし、はっきりした証拠がない」

「おい、あんた、この件を事件にしたいのか？　そうじゃないだろう。奥さんを一刻も早く見つけたいんだろう？　証拠だって？　べつに送検するわけじゃないんだからそんなものは必要ない」

「もし、安達が誘拐したのだとしても、証拠もないのに白状するとは思えない。事実、あいつは何も知らないと言っているんだ」

「だから締め上げるんだよ。あいつは、あんたをなめている。その考えを改めさせるんだ」

「いや、それじゃだめだ」

「何をためらっている。あんたの奥さんのことだぞ」

「だから慎重にいきたいんだ」

樋口はつい声を荒らげた。興奮したことが急に恥ずかしくなり、俯《うつむ》いてぼそぼそと

らなかった。

　氏家は、低く一声うなった。それが同意を意味しているのか、不満の声なのかわか

言った。「初めて手掛かりらしい手掛かりをつかんだ。こいつをふいにしたくない」

　氏家は、低く一声うなった。それが同意を意味しているのか、不満の声なのかわからなかった。

　樋口は言った。

「失敗は許されない、あらゆる意味で。もし、安達が犯人なら、失敗は女房の身の危険を意味する。犯人でないのなら、刑事を目指している優秀な若い警察官を傷つけることになる」

「容疑を掛けられるくらいで傷ついていちゃ、刑事なんかにはなれないだろう」

「あいつはなぜか私のことが気に入っている。その私があいつを疑っていることを知ったら、当然傷つくさ」

「だが、犯人だったらどうするんだ？」

「だからさ……。言い訳を許さないところまで追い詰めなければならない」

「時間がないと言ったのは、あんただぞ」

「安達の身辺を洗おう。場合によっては尾行も必要だろう」

　氏家は溜《た》め息をついた。

「わかった。それが刑事のやり方なら従おう」

二人は再び、初台に向かった。

ひどく体が痛んで目を覚ました。肩や首筋がこわばっている。固いユニットバスの床に横たわっていたせいだ。恵子は、起き上がり、首を回した。ぐっすりと眠った。どれくらい眠ったかはわからないが、熟睡したという充実感があった。久しぶりの睡眠だった。

中腰になり、洗面台の鏡をのぞく。疲れた顔をしているが、昨夜の情けない顔よりは幾分ましに見えた。

口をすすいで、顔に冷たい水を掛けると気分がすっきりとした。気力は充実していた。いつまでも、身に起こったことを嘆いていてもしかたがない。

なんとか解決に近づけたい。解放してもらうのは無理にしても、夫がやってくるまで無事でいなければならない。

そのためには、男と話をする必要がある。どうして私を誘拐したのか。これから何をしようとしているのか。それを探り出すのだ。

男は、以前、能力開発教室で会ったことがあるという。何者なのか知りたいと切実に思った。どういう人間なのかがわかれば、彼を説得する材料になるかもしれない。

とにかく、話をさせることだ。その話に耳を傾けていれば、きっと何かのヒントが得られるに違いない。これは、あの男と私との戦いだ。戦いはうまくやらなければならない。強気に攻めるだけではだめだ。戦略、戦術が必要だ。屈辱ではあるが、屈伏したふりをするのも必要だろう。そして、相手のことを一つでも多く聞き出すのだ。どういう生い立ちなのか。どういう子供時代を過ごしたのか。親はどういう人たちだったのか……。

それらすべてがヒントになる。

私に何を見せようとしているのか？　どうして私なのか？

その疑問もいずれ解ける。しかし、その疑問が解けたときに、彼は私をどうするのだろう？

その点の不安が残った。そもそも最初から、この誘拐をどういう形で終わらせるつもりだったのだろう。そして、今はどう考えているのだろう？

誘拐などという大それたことをしてしまったからには、最後には私を殺すつもりなのだろうか？　その恐れは充分にあった。恵子はその事実から目をそらすことはできなかった。

だが、もう怯《おび》えてばかりいるのはまっぴらだった。

殺されてたまるもんですか。必ず、夫が助けに来る。それまで、なんとしても生き延びなければならない。

そのために体力を温存しよう。そして、頭をクリアにしておかなければ……。何よりも休息が必要だ。気分を楽にして、体の力を抜いて……。

時間の感覚がまったくなくなっている。時計がないので、いったい何時なのかわからない。バスルームには窓がなく、昼間なのか夜なのかさえわからなかった。恵子は、バスタブに寄り掛かり、また目を閉じた。

だいじょうぶ。

気持ちをしっかりと引き締めてさえいれば。きっと、だいじょうぶ。

恵子は自分にそう言い聞かせつづけていた。


樋口は、渋谷へと向かう田園都市線の中で、なんとか気持ちの整理をつけようとしていた。感情に流されては、捜査の方法を誤ってしまう。

刑事の仕事というのはあくまでチームワークだ。テレビドラマのように、単独行動で事件が解決することはまずない。まれに刑事が単独で事件を追いかけることはあるが、それは捜査本部が解散した後の継続捜査だったり、実に地味な地元の小事件だったりする。

特に樋口のような本庁の刑事の捜査というのはすべてが役割分担で行われる。分業でこつこつと手掛かりや証拠を集めて、それを持ち寄り全体を組み立てていく。

今回のようにすべて自分の判断で動かなければならないというのは、もしかしたら初めての体験かもしれなかった。

私は刑事だ。だから、必ず妻を見つけることができる。

そう信じて動きはじめたのだが、日曜も昼を過ぎ、焦燥が募るばかりでまったく前進しているという実感がない。もしかしたら、まったく無謀なことをやっているのではないだろうか？　そんな不安が頭をもたげてくる。

妻は今頃どんな気持ちでいるのだろう。無事でいてくれるだろうか。

そんな思いだけが頭をよぎる。明らかに普段の捜査とは違っている。樋口はどんな悲惨な事件も、仕事と割り切って冷徹に捜査をしてきた。理性的な行動に自信を持っていた。だが、それは、もしかしたら、氏家の言うとおり他人のことに無関心なだけなのかもしれない。

どんな事件も他人事と感じているから、突き放して考えることができるのではないだろうか？

今、妻が失踪《しっそう》して、たまらない喪失感を覚えていた。悲しみとも違う。淋《さび》しさとも違う。日常の一部が欠落したという感覚。それは恐怖に似ていた。

まるで自分自身の一部がなくなってしまったようだった。

好きな人がいなくなったというだけのことではない。もっと大切なものが消え去ったのだ。

一緒にいるときは、ほとんど関心など払わなかった。恵子が普段家でどんな生活をしているか想像したこともなかった。なんとなく、自宅の部屋と一体になった彼女の姿が思い浮かぶだけだった。

いなくなることなど考えたこともなかった。

もし、これが誘拐などではなく、単なる失踪だったらどうしよう。私に愛想を尽かして蒸発してしまったのだったら……。

その恐れもないわけではない。それは、もしかしたら、樋口にとって誘拐よりも辛《つら》いことだ。

恵子が自分の意志で姿をくらましたのだったら……。

樋口は、その考えを払いのけることができなかった。

もしそうなら、安達は嘘《うそ》をついていないことになる。安達を疑うことはお門違いなのだ。安達は単に仕事熱心さか親切心から道案内をし、その後街角でばったり会って立ち話をしただけなのかもしれない。それは、地域課の巡査としては理想的な姿だ。どこにも犯罪性は臭《にお》わない。

ただ、初台の街で恵子と二度会ったというだけのことだ。事実はそれだけだ。樋口は迷っていた。初台の街で恵子と会ったことがあるというのなら、城島直己だってそうだ。城島をもっと調べてみなくていいのだろうか？

城島本人が手を下したとは限らない。誰か若く行動力のある若い仲間がいたのかもしれない。

あるいは、やはり恵子と城島が相談をして……。

樋口はさらに混乱してきた。たどるべき道筋が見えない。氏家はまったく態度を変えない。向かい側の窓から外を眺めていたが、電車が地下に入ると車内吊《しやないづ》りの広告を見上げていた。視線があまり動かないところを見ると、彼も何かを考えているに違いない。

氏家は樋口よりも若い。独身主義で享楽《きようらく》的な生活をしているように見える。会って間もない頃は、あてにはできないやつだと思っていた。

しかし、付き合ううちに見かけよりずっと多くのことを考えているということがわかってきた。彼のシニカルさは、見せかけだけではなかった。世の中を観察し、考察し、洞察する。多くのことを考えているうちに、彼は絶望しかけたのだ。その絶望を飼い馴《な》らす一つの方法が皮肉な笑みを浮かべることだった。不思議な男だった。氏家に助けを求めたのは、たまたま前日に連絡をもらって飲み歩いたからではなかった。もし、前日に会っていなくても、樋口は氏家のことを思い出したはずだ。

樋口は黙っているのが辛くなってきた。これはいい兆候ではない。追い詰められつつあるようだ。ついに樋口は氏家に話しかけた。

「私には何が何だかわからなくなってきた」

氏家は、ゆっくりと樋口のほうを向いた。

「何を言いだすんだ。俺はあんたの方針に従うことに決めたんだぜ」

「わからんのだ。安達が怪しいのかそうでないのかさえわからなくなってきた……」

「前進はしている」

「その前進があまりにのろすぎる。間に合わないかもしれない」

「間に合うかもしれないし、間に合わないかもしれない。そんなことは誰にもわからない。わからないことを気にすることはない」

「これが他人の事件だったら、私もそういうふうに構えていられたかもしれない」

「そういう言い方をするもんじゃないな」

「いや。情けないが、本当にそんな気がするんだ」

「なるほど、夫婦というのも悪くはないのかもしれないな」

「何だって？」

「あんたはたしかにいつものあんたじゃない。だが、今のあんたは実に信じられるよ。なりふり構っちゃいない。仮面も化粧もかなぐり捨てた人間の強さを感じる」

「強さだって？」

「そうだ。俺は、今付き合っている誰がいなくなっても、それほどがむしゃらにはなれないかもしれない。やはり、夫婦というのは違うもんだな」

「私にはわからんよ。ただ、このまま女房がいなくなったら、私はだめになってしまいそうだ」

「奥さんはすでにあんたの自我の一部と化しているのかもしれない。それは、実際にどれだけスキンシップをしているかとは別問題なのだということに、俺は今さらながら気づいたよ」

「私は今、強くなどない。何一つ確かなものがない」

「いや。あんたは対人関係の化粧を捨て去り、剝《む》き出しの自我で問題に立ち向かっている。仮面をかぶった人間がそういう人間に勝てるはずがない」

「安達のことを言っているんだな?」

「当然だ」

「安達は本当に何も知らないのかもしれないと、私は思いはじめている」

「そんなことはない。冷静に考えればいいんだ。安達はあんたの家族構成や、奥さんとあんたの馴《な》れ初《そ》めまで知っていた。あんたとは、この間の捜査本部で初めて会ったのだろう? そいつはやはりどこかおかしい」

「本当にそう思うか?」

「思う」

氏家のきっぱりとした口調は、樋口にとって救いだった。樋口は、賭《か》けに出ることにした。

安達をマークするのだ。今はかすかな手掛かりにすがるしか手はない。もし、安達が外れだったら、樋口自身で恵子を救い出すことは諦《あきら》めなければならない。時間的にも、物理的にもそれが不可能であることが明らかになる。

「わかった」

樋口は言った。「まずは、代々木署管内で安達についての内偵を進めよう。場合によってはぴたりと張りつく」

氏家は、いつもと変わらぬ余裕の態度でうなずいた。


初台の駅を出ると、樋口は氏家に言った。

「ＰＢに安達がいたら、私がうまく彼を連れ出して話を聞く。その間に、おまえさんは同僚や上司に話を聞いてくれ」

「何を訊《き》くんだ？」

「最近、安達に何か変わった様子はないかとか、そもそもどういうやつかとか……」

「そんなことは心得ている。そうじゃなくて、あんたは安達に何を尋ねるのかと訊いているんだ」

正直なところ考えてはいなかった。だがなんとかなるだろう。世間話でもいい。話す内容よりも口調や態度が重要なことを語る場合もある。何かの心証を得ることも大切だ。安達は怪しいのかそうでないのか。それを感じ取るだけでも意味はある。

「適当にやるさ」

樋口がこたえると、氏家は笑いを浮かべてうなずいた。

「いいだろう」

ＰＢを訪ねると、坂崎巡査部長と安達がいた。もう一人の井上巡査は、今パトロールに出ているという。

樋口は坂崎巡査部長に言った。

「ちょっと安達君と話がしたいのだが……」

「かまわんよ。安達君、行ってきなさい」

樋口は、安達と連れ立って交番を出た。安達のほうから尋ねてきた。

「どうですか？　何か進展はありましたか？」

樋口は、足元を見つめたままだった。

「いや、手掛かりはほとんどない。私は自宅と初台を行ったり来たりだ」

「そうですか……。申し訳ありません。僕のほうも何もわかってはいません」

「何か思い出したことはないか？」

「昨日言った以上のことは思い出しませんね」

「街の人に尋ねて回ったのか？」

「ええ、午前中に……。しかし、僕一人ではやれることに限度がありますよ」

「そうか……」

樋口は、左手に小さな公園を見つけた。寒い季節なので誰もいない。樋口はベンチに腰掛けることにした。砂場とブランコ。わずかながら木立がある。すべて落葉しており、枝が向こう側のビルの壁を背景にして複雑な模様を描き出している。

腰掛けるときに、思わず声を洩《も》らしていた。まだ老《ふ》け込む年ではない。だが、疲れ果てているせいで肉体が実際の年齢よりも衰えているような気がする。

安達は立ったままベンチに座った樋口を見下ろしていた。

「君も座ったらどうだ？」

「いえ、僕はこのままでいいです」

尋問するとき、たいていは逆の立場を取る。つまり、刑事は立ったままで相手を座らせるのだ。心理的に優位に立つためだ。

立ち上がったほうがいいだろうか？　樋口は考えた。そして、結局そのまま話をすることにした。今、大切なのは口を割らせることではない。相手の態度を観察することだ。

「君が私の女房に会ったのは、九日と十五日の二回……。間違いないね？」

「間違いありません」

「二十六日には会っていないのだね？」

「そうだね？」

「だが、君は女房が二十六日にまた城島の家を訪ねることを知っていた。そうだね？」

「知っていました。奥さんと立ち話をしたのが十五日。そのときに、奥さんがそう言っていましたから……」

安達は落ち着かない様子で小さく身じろぎをした。「いったいこれは何です？　僕を尋問しているのですか？」

彼は苦笑混じりだが、明らかに緊張している。それは何を意味しているのだろう？　上司に質問されるとそれだけで緊張する人間もいる。安達はそういう類《たぐい》の人間なのだろうか……？

さらにプレッシャーを掛けるか、安心させるか、大切な瞬間だった。樋口は一度安堵《あんど》させ、それからまたじわじわと圧力をかけていくことにした。それを繰り返したほうが効果が大きいことを、経験上知っていた。

「そうだ。たまには、尋問される側に回るのも悪くないだろう？」

「僕を疑っているのですか？」

「そうじゃないよ。こうして質問しているうちに、君が何か思い出すんじゃないかと思ってね。そういうことは多いんだよ」

「たしかに僕は、九日と十五日の二回、奥さんと会い、二十六日に城島氏宅を訪ねることを知っていました。しかし、それだけのことです。それ以上は何も知りませんよ」

「城島が怪しいと思うか？」

「はあ？」

「今わかっている範囲内で言えば、この街で、女房が話をしたのは、君以外には城島だけだ」

「どうでしょう」

安達は真剣に考える顔をした。樋口はじっと観察していた。彼にしめたというような反応は見られないだろうか？　樋口は餌《えさ》を投げてやったのだ。もし、安達が犯人だとしたら、樋口の関心をさらに城島に向けるように仕向けるだろう。

樋口は安達が何か言うまで待っていた。やがて、安達が言った。

「僕は直接城島氏に会ったわけではないので、何とも言えませんが、疑う理由はないような気がしますね」

「城島は怪しくないと……？」

「はい。あくまでも仕事での付き合いでしょう?」

「だが、女房の足取りは城島の家で途絶えている」

「家宅捜索でもしますか?」

「城島の家をか? そうだな。頼んでみるか……」

「冗談ですよ。令状もなしにそんなことをしたら、後で問題になりますよ」

「城島の許可を得ればいいんだ」

安達は驚いた顔をした。

「本気ですか?」

「ああ。私は藁《わら》をもつかみたい気分なんだよ。ほんのわずかでも可能性があれば試してみるよ」

「樋口さんがやるというのなら付き合いますが……」

「いや、やるときは私と氏家でやるよ。ガサイレは刑事の仕事だ」

安達は肩をすくめただけで何も言わなかった。

「君は普段、おとなしいそうだな?」

「え……?」

樋口が急に話題を変えたので、安達は不意を衝《つ》かれたように目を向けた。子供のように無防備な表情だった。だが、すぐに彼はいつもの顔つきを取り戻した。仮面をかぶり直したのだろうか……。

「君の同僚が言っていた。あまり話をしないそうだね？」

「そんなことはありません。友人はいますし、いろいろな話をします」

「若い者同士で飲みに行くときも、君はあまり参加しないということだが……」

「誰がそんなことを言いました？　誘われれば飲みに行きますよ」

「誘われればね……」

安達は、苦笑を浮かべていたが、明らかに不機嫌になっていた。個人的なことを話題にされるのが不愉快なようだった。

独身寮で高梨と井上が言ったことは嘘《うそ》ではないはずだ。彼らが嘘をつく理由はない。だとしたら、安達が嘘をついているのだ。彼は私生活を取り繕おうとしている。

理由は想像がついた。彼は理想的な警察官を演じようとしているのだ。社交的で快活でなければならないという現代的な警察官の理想像を具現化しようとしている。

それは、対上司においてはなかなかうまくいっている。しかし、同僚との間では決してそうではないようだ。

安達はそれを樋口に知られたくなかったのだ。樋口の前ではあくまでも、理想的な警官でいたかったに違いない。

安達は、苦笑をやめ、あらぬ方向を見つめていた。なんだか印象が変わってしまったような気がした。気難しい若者に見えた。

「べつに、無口だって、酒を飲みに行かなくたってかまわないんだ」

樋口は言った。「私だって、若い頃は警察内部の付き合いが苦手だった」

安達はちらりと樋口の顔を見たが何も言わなかった。

「警察というのは、なかなか面倒なところだ。実力主義だが、それだけじゃなく、階級も物を言う。勤続年数も問題になる。態度のでかさや声の大きささも必要だ。私は若い頃につくづく警察官が向いていないと思ったよ。今でもときどきそう思う」

「本当ですか?」

「本当だ。だから、君も気にすることはないんだ。人付き合いが嫌いならそう言えばいい」

「いいえ、自分は決して人付き合いが嫌いなわけではありません」

安達はなかなか隙《すき》を見せようとはしなかった。自分の評価に関わると考えているのだろうか? 相変わらず仮面をかぶりつづけているのだ。

「そうか……」

「ただ、付き合うに値する人間があまり見あたらないのです」

思わず樋口は安達の顔を見上げていた。

「付き合うに値する人間だって？」

「そうです。人間の価値というのは友人の質で変わってくると小さな頃から教えられました。自分は常に、自分を高めてくれる友人を求めています」

こいつは本気でこんなことを言っているのだろうか？

樋口は、初めて安達に不気味なものを感じた。仮面の正体を垣間《かいま》見た気がした。仮面をかぶっている理由がはっきりとわかったわけではない。しかし、その理由の片鱗《へんりん》に触れたような気がした。

「人間同士の付き合いなんて、そんなもんじゃないと思うがな……」

「どういうものだというのです？」

「その……、なんというか……。もっと曖昧《あいまい》なものだと思う。なんとなく出会って、気が合えば友達になる。相手にどういう価値があるかなんて付き合ってみなければわからないし、人間同士の価値というのも、なんというか一方が一方に与えるものではなく、相互の関係の上に生まれるものだと思う」

安達は、たちまち上機嫌になった。笑みを浮かべている。その笑いにはどこか人を小馬鹿にしたような感じがあった。皮肉な笑いだが、明らかに氏家の笑いとは違っていた。


氏家のそれは自分に対する嘲笑《ちょうしょう》だが、安達は他人を嘲笑している。そう感じた。

「樋口係長は、人間関係というものに過大な評価を下していらっしゃる。だが、自分はそれほど楽観的にはなれません。朱に交われば赤くなるのです。そして、程度の低い付き合いに安住している限り、自分もその程度の人間になってしまうのです」

「私はそういう考え方をしたことがない。残念だが、君が言っていることが正しいとは思えない」

「正しいのです」

安達は相変わらず笑みを浮かべていた。今ではまるで樋口を見下しているようですらあった。「くだらぬ付き合いに流されるのは時間の浪費です。何かをやろうとするなら、人生はそれほど長くはないはずです」

どこかで聞いたことのある台詞《せりふ》だ。誰かの受け売りにすぎないのだろう。だが、安達はそれが自分の考えであるかのように錯覚しているのかもしれない。

「それで、君は何をやろうとしているんだ?」

「何をって……」

ふと安達の表情が曇った。

「何かをやろうとしているから、時間が惜しい。無駄な人間関係に時間を浪費したくないと考えているんだろう？」

「自分は、より高いところへ行きたいのです」

「出世をしたいということか？」

「警察に限定して考えればそういうことになりますね」

「君の言うことは矛盾している」

「矛盾？」

「君は刑事になりたいと言った。だが、知ってのとおり、刑事は出世コースからは外れている」

「刑事になりたいと言ったのは本当のことです。出世したいというのも本当のことです」

安達は無表情になっていた。

彼はまたたてまえでしゃべりはじめた。実は心からやりたいことなどないのではないだろうか？　やりたいことはないが、上昇志向は人一倍ある。

「欲張りだな」

樋口は苦笑を浮かべて言った。

「そうです」

安達は言った。「僕は欲張りなんです」

樋口は立ち上がり、交番へ戻りはじめた。安達が半歩後ろをついてくる。上司と同僚の評価のギャップ。その理由がわかったような気がした。

この男は、どこかいびつな情熱を持っている。一方で冷静な判断力や優れた行動力を持っているが、それが歪《ゆが》んだ情熱で暴走することはないだろうか……。

樋口はそんなことを考えていた。

「どうだ？」

氏家が尋ねた。

樋口と氏家は交番を後にし、当てもなく歩きはじめた。

「どうだと訊《き》かれてもな……。何とこたえていいかわからないな」

「どんな話をした？」

樋口は、頭の中で安達との会話を整理した。

「まずは、女房と会ったときのことを確認した。彼が二十六日に会っていないかどうかもあらためて尋ねたよ。そして、城島をどう思うかと尋ねた」

「城島を？」

「そうだ。安達は疑われていることを不満に思っているようだった。へそを曲げられても困るので、目先を変えたんだ。それにな、安達が、城島をことさらに怪しいと言いだしたら、安達を疑う理由になると思った。つまり、私たちに城島を疑うように仕向けているとも考えられるからな」

「刑事らしい計算だ」

「だが、安達は城島を怪しいとは言わなかった」

「それから……?」

「個人的なことを突っ込んでみた。同僚が、無口で付き合いが悪いと言っているが本当か、と尋ねた」

「何とこたえた?」

「最初は取り繕っていた。おそらく、非社交的と見られたくなかったのだろう。彼は私のことを、評価をつける試験官か何かのように感じているようだった」

「気に入られたいのさ」

「そのうちに、本音がちらりとのぞいたよ。付き合うに値する人間が周りにいないそうだ」

「なるほど……」

「彼は今の自分の生活に不満を持っているようだ。強い上昇志向があるように思う。そのために、余計な付き合いをしたくないと言うんだ。時間の無駄、人生の浪費だと……」

樋口は氏家の横顔をちらりとうかがった。氏家がどう思っているか知りたかった。

「最近はそういう若者もいるらしいな」

「友達は選ばなければならないと言っていた。小さい頃からそう言われて育ったんだそうだ。これはいい大人の言いぐさじゃない」

氏家は疲れ果てたような声を出した。

「大人になるチャンスを与えられなかったのかもしれない。そういう若者が増えている」

「親の責任だというのか?」

「親だけじゃない。社会の問題だな」

「えらく簡単に言うんだな」

「簡単じゃないが、そう言うしかない。俺は日常的にガキどもと接している。ぐれたりひねくれたりしたガキどもだ。あいつらを見ているといつも思う。大切なのは大人になることを教えることだと」

「誰だって社会に出て荒波に揉《も》まれれば、大人になるだろう」

「この頃はそうでもないらしい。あんた、上昇志向と言ったが、それは誰にでもある。だから努力をする。だが、それがいつもうまくいくわけじゃない。挫折《ざせつ》をする。努力をしてもだめなことがあるということがわかる。それが大人になるということなのかもしれない」

「それがうまくできない子供が増えているということか？」

「そんなガキばかりのような気がする」

「なぜだろうな？」

「いくつか原因があると思う。一つは大人たちの絶望だ。将来に対して夢を持てない。子供たちは、それに敏感に反応する。そして、少子化も原因の一つだと俺は思う」

「少子化？」

「そう。一人っ子が多い。当然過保護になる。特に母親がな……。旦那《だんな》は仕事に追われている。旦那に対する愛情の分も子供に向ける。異常に教育熱心になるわけだ」

「それがそんなに問題なのか？」

「兄弟が多ければ、どうしたってある部分放任になる。それで子供は自主性を養える。昔は、学校で体罰を受けようが喧嘩《けんか》をしようが放っておいたもんだ。だが、今は母親が学校に怒鳴り込む」

「まあ、そういうこともあるようだな」

「特に、男の子の教育には父親の果たす役割が大きかったはずだ。だが、今は母親が子供を独占する。母親の愛情というのはもともと老婆心《ろうばしん》だ。子供を常に安全なところに置いておきたい。冒険をさせたくない、そう考える。だから、社会からはみ出ないようにはみ出ないようにと育てる。温室の中で育てられるようなもんだ。その結果、挫折も経験しない。何か大切なトレーニングを受けずに育ってしまう」

「都市部じゃ住宅事情もあって、子供をたくさん作れない。晩婚化のせいもある。今後も一人っ子は増えるだろうな」

「だからさ。子供がいびつな性格になるのは、子供たちのせいじゃなくて、それを育てた社会のせいなんだよ」

「うちも一人っ子だよ」

「気をつけることだな」

「私も娘の教育に関しては女房に任せっきりだったな……」

「奥さんの育て方にもよる。何かの本で読んだことがあるんだが、一番いけないのは、母親が父親を子供の前でばかにするような態度を取ることなんだそうだ。人間だけじゃなくて、他の動物でもそういうことがあると、子供の行動が異常になるという」

「おそらく、女房はそういう態度は取っていないと思うが……。まあ、うちのことはいい。安達はどういう育ち方をしたと思う？」

「坂崎巡査部長に、彼の家族構成を訊いたよ。安達は一人息子だそうだ」

「両親は健在なのか？」

「八王子で暮らしているという。父親は一流会社の重役で、なかなかの豪邸に住んでいるそうだ」

恵まれた環境だ。おっとりとした人のいいタイプに育つと考えるのが普通だ。人間、余計な苦労はしないにこしたことはない。だが、樋口が安達に感じはじめているのは、世間知らずのお坊ちゃんというイメージではなかった。

「坂崎巡査部長の安達への評価は相変わらず低くはないのだな？」

「まあな」

その言い方が少し気になった。

「まあな、とはどういう意味だ？」

「安達は仕事熱心だと言っていた。それは昨夜も言っていたことだ。だが、話を聞くうちに、昨夜とはちょっとニュアンスが違うような気がしていた」

「どういうふうに？」

「時に熱心すぎるというのだ」

「熱心すぎる？」

「そう。安達は正義感が強い。それは警察官として必要な資質だ。金儲《かねもう》けのことを考えたら警察官などやっていられない。あんたのような使命感だとか正義感というのは、警察官としてやっていく上でプラスになる」

「おまえさんのような好奇心とかな……」

「だが、融通がきかない正義感は、しばしば周りの者には煩《わずら》わしい」

氏家の言うことは理解できた。警察官は法のために働いている。しかし、すべてが法律のとおりに運ぶわけではない。例えば、交通違反だ。時にはお目零《めこぼ》しもある。

傷害や窃盗、ささいな器物損壊などの事件も、すべて刑事訴訟法どおりに送検していては、警察の機構はたちまち麻痺《まひ》してしまう。多くの警察官は、ある程度の裁量でその場の処理をする。それが、より重要な事件を処理するための方便だと考えることもできる。

しかし、杓子定規《しゃくしじょうぎ》な警察官は、すべて法律どおりに処理しなければ気が済まない。厄介なことに、そちらの言い分のほうが正論なのだ。

「安達は、妥協を許さない警察官だということか?」

「ある種の使命感を持っているとも言える。そのために同僚とぶつかることもあったそうだ」

「私だってどちらかというと、杓子定規なほうだ。妥協を許していると、いずれは汚職などに結びつく恐れがある」

「大切なのは、見極めだ。許せる範囲を広げすぎないこと、そして、そこに私利私欲が絡《から》まないことだ。見極めに自信がないやつは、どうしても杓子定規になる。あんたが、杓子定規だって？　そうじゃない。あんたは、事実を見極める上で妥協しないだけのことだ」

そうだといいのだがな……。

樋口には、氏家が過大評価をしているのではないかという恐れがあった。それは常に樋口につきまとっている。氏家だけではない。先輩の天童や捜査一課長も樋口を評価している。だが、それがどこか勘違いなのではないかという不安があった。

事実、今やっていることだって、刑事としては失格なのかもしれない。恵子の件は、誘拐事件の恐れがある。事件として警察機構に任せるべきなのかもしれなかった。しかし、そうしたくはない。それは意地かもしれない。そして、恵子を助けるのは自分でなければならないという思いがあった。

「坂崎巡査部長は、昨夜はそういう言い方をしなかったな」

「警戒していたのさ。突然、本庁から刑事がやってきた。誰だっていい気持ちはしない」

「どうしておまえさんには話したんだ？」

「同じ所轄《しょかつ》同士、腹を割って話しやすい」

それだけではないはずだ。氏家には私にはない人間的な魅力があるのではないだろうか。つい、安心して本音を話してしまうような魅力が……。

「私がさきほど安達と話して感じたものと、同僚たちが感じているものは近いかもしれない。つまり、筋は通っているが、その筋がどこかずれているという思いだ。同僚にしてみれば付き合いづらいやつだろう」

「だろうな」

「それらの話を総合して、安達というのはどういうやつだと思う？」

「一から鍛え直さなきゃならん」

「鍛え直す？」

「そうだ。精神的にな。あいつはある意味で典型的な最近の若者だ。つまり、社会の中でまっとうに人付き合いしていくトレーニングができていないんだ」

「誘拐などというばかな真似《まね》をすると思うか？」

「そんなことは俺にはわからん。だがな、これだけは言える。何かを思い込んだとき、それが犯罪的かどうかという判断がつかない恐れはあるな。昨日同じような話をしたな。最近の若いやつは、罪の意識がないまま罪を犯す。つまり、社会的か反社会的かの区別がつかず、すべてを個人的な問題で考えようとする傾向がある。生安課の俺に言えるのはそこまでだ」

すべてを個人的な問題として……？

樋口は、そのひと言が妙に気になった。

「こうしてぶらついていてもしかたがない」

氏家が言った。「次はどうする？」

「城島の家にガサを入れてみようかと思う」

「城島の家に？　本気か？」

「女房は城島の家を訪ねるためにこの街へやってきたんだ。まず城島を疑うのが定石だ。怪しくないということを証明するためにもガサイレをやるのがいいと思う。消去法だ」

「そりゃそうだが、令状がない」

「本人の了承を取りつけるさ」

「了承しなかったら？」

「プレッシャーを掛ける」

「刑事のやり方だな。無理が通れば道理が引っ込む……」

「おまえさんがどう思おうが知ったことではないが、私だって時には無茶をやる」

「頼もしいじゃないか」


樋口たちを迎えた城島直己はひどく不機嫌だった。不愉快さを隠そうともしない。若い頃、相手のこうした反応がひどく苦手だった。しかし、いつしか慣れてしまっていた。刑事は歓迎されないことのほうが多い。

「私は知っていることはすべてお話ししましたよ。今度は何ですか？」

「もう一度、ご協力願おうと思いまして」

「何を協力しろと言うんだね？」

「お宅の中を拝見させていただきたいのです」

「な……」

城島は絶句し、樋口の顔を見つめた。怒りではなく驚きの表情だ。怒りは遅れてやってくる。

「妻がここにいないことを確かめたいのです」

「それはどういう意味だ？　私があんたの奥さんを監禁しているとでも言いたいの

か？」

　城島の顔色が変わってきた。怒りのために青ざめている。

「言ったとおりの意味です。確認を取りたいのです。捜査というのは消去法なのです。そのために、調べなくていいということを証明していかなければならないのです」

「そんな説明じゃ納得できないね。痛くもない腹を探られるのは不愉快だ。あんたは、警察の権限を濫用《らんよう》しているんじゃないのかね？」

「濫用だとは思っていません。妻は誘拐された恐れがあります。これは正当な捜査だと信じています」

　これは本心ではなかった。正当な捜査とは言えない。城島の善意にすがっているだけだ。

「冗談じゃない。帰ってくれ」

「今、私たちの捜索を了承していただけないと、後で、大勢の捜査員が家宅捜索の令状を持って押しかけてくることになるかもしれません。そうなれば、否応《いやおう》なしです。どちらがいいですか？」

「あんたの言い分は不当だな。訴えてもいい」

「かまいませんよ」

刑事は決して相手の挑発に乗ってはいけないし、脅しに屈してはいけない。城島は何を言おうか考えている。だが、彼の敗北ははっきりしていた。こうした押し問答で警察官に勝てる相手はいない。

「弁護士を呼ぶが、いいか?」

「その必要はないと思いますよ。べつに私たちはあなたを逮捕しに来たわけではありません。お宅の中を見せていただけないかとお願いしているだけです」

「お願いだって?」

「そうです。お願いです」

城島は、樋口を睨《にら》みつけていたが、やがて、目をそらして言った。

「私が納得しても、家の者が納得しない……」

「ご家族……?」

「そうだ。妻がいる」

「今、ご在宅ですか?」

「体の調子が悪くてな。このところ、寝込んでいる。もともと心臓が悪いんだ」

これまで一度も城島の妻の姿は見かけていない。寝込んでいるというのなら、それも納得できた。

「なるべくご迷惑はおかけしません」

「充分迷惑を被《こうむ》っているよ」

城島は力なく言った。

樋口は何も言わなかった。

城島が諦《あきら》めたように溜《た》め息をついた。

「やるなら、さっさと済ませてくれ」

樋口は、かすかな勝利の気分を味わっていた。城島には、会ったときから少しばかり特別な感情を抱いていた。おそらくそれは、自分の知らないところで妻と会っていた男だからだ。

それが仕事であっても、あまり気分のいいものではなかった。

もしかしたら、私は嫉妬《しっと》からこんな真似をしているのではないだろうか？

まさかな……。これは必要な手続きなのだ。女房の足取りをもう一度追うためには、ここからスタートしなければならない。

樋口は、自分にそう言い聞かせた。

それに、普段、女房には何もしてやれない男が嫉妬をする資格などあるものか……。

だが、嫉妬は資格でするものではないこともわかっていた。自分が嫉妬をしているかもしれないという事実に、樋口は戸惑っていた。

古い屋敷で、それほど広くはないが、すべての場所に使い込んだ居心地の良さを感じた。壁や梁《はり》、柱などはすっかり変色しており、棚には雑多な写真や小物がのっていて、長い年月の生活を偲《しの》ばせた。

玄関から右手のドアを入るとすぐに居間になっており、中央にテーブルがある。ダイニングを兼ねた居間であることがわかる。新聞に雑誌、かずかずの書籍がそのテーブルの上に積まれている。その散らかり方は、生活の臭《にお》いがして好ましかった。

家は人の知性を反映するものだな。

樋口はふとそんなことを感じた。

「こっちが和室で、向こうが寝室。寝室に妻が寝ている」

「拝見できますか？」

城島は一瞬むっとした顔をしたが、もう逆らおうとはしなかった。

飾りガラスをはめ込んだ合板のドアを引く。部屋の中に声を掛けた。

「いいんだ。何でもない。寝てなさい」

中から声が聞こえた。

「でも……」

「部屋を見たいとおっしゃるんだ」

樋口は戸口に立ち一礼した。ベッドが二つ並んでいる。奥のベッドに城島の妻がいた。ナイトガウンを羽織って上半身を起こしている。不安そうな、そして申し訳なさそうな顔をしている。

城島の妻の他に人はいなかった。

「いいですか?」

城島が尋ねたので、樋口はうなずいた。

「どうも失礼しました」

二階は、ほとんど城島が独占していた。執筆に使う部屋が一つ。もう一つの部屋は書庫になっていた。その二つの部屋にも、長年の知的生活の蓄積があった。おびただしい書籍や印刷物。壁際《かべぎわ》の机の上にはパソコンがのっていた。

「妻が持ってきた原稿というのは?」

「これです」

城島は書斎のテーブルの上に置かれていたレポート用紙の束を手に取った。丁寧な字で書かれた原稿だ。恵子がパソコンを欲しがっていたことを思い出した。こういう仕事にはパソコンのほうが都合がいいのだろう。

無事戻ってきたら、ちょっと遅くなったがクリスマス・プレゼントにパソコンを買ってやってもいい……。

　樋口は、何か手掛かりがないかどうかその原稿を調べたが、そんなものはあるはず
もなかった。几帳面《きちようめん》な字が並んでいるだけだ。

　書籍の山に囲まれた男の城。誰も侵すことのできない城島だけの世界がそこにある
のだろう。樋口はうらやましくなった。こういう世界に憧《あこが》れたこともあった。

　今の仕事に不満があるわけではない。だが、他人の芝生は常に青く見えるものだ。

　台所、その奥にある脱衣所には旧式の洗濯機が置かれている。タイル張りの風呂場《ふろば》。

これも旧式のガス風呂釜《ふろがま》がついていた。

「納戸《なんど》か何かはありますか？」

「庭の隅に物置があります」

　樋口は玄関から靴を持ってきて、縁側から庭に下り、物置の中を調べた。プレハブ
式の物置で、生活用品と共に、やはり書物が詰まっている。

　どこにも恵子が隠れている様子はない。氏家は終始無言で樋口の後をついてきた。

「満足しましたか？」

　城島が冷たい口調で言った。樋口は、うなずいた。

「どうもありがとうございました。お気を悪くされたことと思いますが、これも捜査上必要なことなのです」

城島の怒りが再燃したようだった。彼は押し殺した声で言った。

「それが本心なら、私はあなたと二度とお会いしたくない」

「おそらく、もうお邪魔する必要はないと思います」

「あなたはつまらん人だ。刑事の権限を振りかざすことしか知らんのか」

樋口は、一礼して玄関に向かった。手に靴をぶらさげているのが、我ながら無様だった。

「ちょっと待ちなさい。私の話がまだ終わっていない」

樋口はしかたなく靴をぶらさげたまま、居間で振り返った。城島は腕を組んで樋口を見据えている。

「あなたが刑事としてこんな失礼なことをしたのなら、私はあなたを許すことはできない」

小言くらいは聞いてやる。だが、早くしてくれ。私には時間が……。

「だが、あなたが奥さんのことを心配するあまりにやったことなら、私は理解できる。私だって突然妻がいなくなったら取り乱すだろう。私はね、奥さんを買っているんだ。

訳は正確だしわかりやすい。下訳に徹していて、余計な記述がなくて助かる。今後も奥さんとは仕事がしたいと思っていた」

樋口は、どきりとした。

もしかしたら、女房の仕事を一つだめにしてしまったのかもしれない。女房はこの仕事に一所懸命だった。やりがいのある仕事だったに違いない。

しかし、無事に帰ってこなければ仕事も何もあったものではない。今は、恵子を捜し出すことが最優先なのではないのか？

「奥さんとの仕事が続けば、当然あなたとも会う機会が来る。私はそういうことを言っているんだ。刑事としてまたやってくるかどうかを言っているんじゃない」

「私は刑事です。私は私のやり方で女房を見つけるしかないのです」

「どうしてあなたは、一緒に捜してくれと私に言わないのです？」

樋口は、驚いて城島を見つめた。

「それは……」

「私が奥さんのことを心配していないとでも思っているのですか？　見くびってもらっては困る。私がただあなた方のことを迷惑がっているだけだとお思いなのでしょう。冗談じゃない。あなたは私に、何をどこまでつかんでいて、今何が知りたいのか教えてくれない。私はそれに苛立《いらだ》っているのです。私だって一緒に考えたいのですよ」

樋口は言葉を失った。何を言っていいのかわからなかった。

そのとき、ようやく氏家が口を開いた。

「係長《ハンチヨウ》、あんたの負けだな」

さきほど感じた勝利の気分がきれいに吹き飛んだ。樋口は、何も言えずただ頭を下げていた。

「さあ、私にも一緒に考えさせてください。いったい、何がどうなっているのです?」

樋口は俯《うつむ》き、二本の指でぶら下げた靴をぼんやりと眺めていた。氏家が説明を始めた。

恵子が姿を消したのは城島の家を出て間もなくだったと思われる。彼女が城島を訪ねてきたのは、九日、十五日、二十六日の三回。その三回目の訪問の直後、失踪《しっそう》した。

初台の街で言葉を交わしたと思われるのは二人。そのうちの一人は城島で、もう一人は、交番の巡査だ。その巡査には九日と十五日の二回会っている。最初は道を訊《き》くため、二度目はたまたま路上で会った。

氏家はそれだけのことを、短い時間で要領よく説明した。警察官が上司や同僚に報告するような調子だった。

「それで、奥さんはどうなったと思われますか？」

城島が尋ねた。

樋口は、今さら口をきくのが気恥ずかしかった。しかし、ここで何か言わなければもっと事態はこじれる。

「私に愛想を尽かして失踪したのかもしれません。でなければ、誘拐された恐れが強い」

「それは妙ですね」

城島が考えながら言った。「犯人から何の連絡もないのでしょう？　身代金《みのしろきん》の要求とか……」

「誘拐といっても、営利誘拐とは限らないのですよ」

氏家が説明した。「性的な暴行や殺人そのものを目的とした誘拐もあります」

城島はちらりと樋口の顔を見た。樋口の気持ちを察してのことだろうが、樋口は表情を変えなかった。

気にならないと言えば嘘《うそ》になる。だが、氏家が言っているのは本当のことなのだ。

ここで事実から目をそらすわけにはいかない。

「奥さんがうちを出られたのは、四時頃です。日が短いとはいえ、まだ外は明るかった。そんな時刻に人に見られずに誘拐を……？」

樋口はこたえた。

「実行したのかもしれません」

城島はしきりに何事か考えている。やがて、彼は言った。

「私は捜査という点では素人《しろうと》ですから、あくまで参考意見として聞いてほしいのですが……」

樋口と氏家は城島に注目した。

「昨年あたりまで、アメリカのミステリではプロファイリングがちょっとしたブームでした。それで、私も少しばかり勉強したのですが、連続殺人などの異常な犯罪には大きく分けて二つのパターンがあるそうですね。つまり、秩序型と無秩序型です。例えば、衝動的に行きずりの殺人をしたような場合、凶器はその場に残っていることが多く、現場は乱雑で、犯人はいろいろな証拠を残している。これが、無秩序型。一方、秩序型というのは、計画的であるため、証拠もあまりなく、目撃者も少ない」

樋口はうなずいた。

「そう言われています」

「奥さんが誘拐されたとして、これまで目撃者も出ていなければ、それらしい証拠も見つかっていない。つまり、計画的な秩序型の犯罪ということになりますね」

「そうですね」

樋口はあまり期待せずにこたえた。素人探偵が刑事を出し抜いて事件を解決することなどあり得ない。一つは情報量の問題であり、一つは経験則の問題だ。

「車です」

「車……？」

「はい。これが誘拐事件だと仮定してお話しします。もし私が犯人だとして、奥さんを誘拐する計画を立てたとしたら、その計画に車は不可欠のような気がします。奥さんはここを出て間もなく失踪された。ということはここから駅までの間と考えていいでしょう。その道筋は住宅街です。車に乗せて連れ去ったと考えるのが自然でしょう」

とたんに樋口の頭が回転を始めた。

これが捜査本部で扱う案件ならば、最初から車のことを考えていたに違いない。強《ごう》姦《かん》が絡《から》む連続殺人や誘拐では、必ずと言っていいほど車が使用される。だから、婦女子の誘拐事件があった場合、まず車の割り出しをする班が作られる。

そして、計画的な犯罪にはしばしば盗難車やレンタカーが使用される。単独行動ではそこまで手が回らないと思ってしまったのか、無意識のうちにそれを外して考えていた節があった。

「そこで思い出したのですが……」

城島が言った。「奥さんが原稿を届けにいらした日、つまり、二十六日ですね、うちの近くに長い間白いバンが停まっていました」

「白いバン？」

「ええ、ミニバンというのですか？　軽自動車のワンボックスカーです」

「どのあたりに？」

「玄関を出て左手のほうです。道路沿いに塀があるでしょう？　その塀にぴったり寄せるように停まっていました。このあたりは道が狭いでしょう。なんであんなところに停まっているのだろうと思った記憶があります」

「長い間停まっていたと言いましたね？」

「ええ、午後一時くらいに食後の散歩に出掛けました。そのときにまず気づいたのです。それから、午後三時頃、奥さんがいらっしゃるので、お茶菓子を買いに出掛けたのですが、そのときもまだ停まっていました」

樋口はすでに何をやるべきかわかっていた。

「感謝します。本当に……」

樋口はそれくらいしか言葉が浮かばなかった。

「私の記憶が役に立つといいのですけれど……」

「失礼があったことをお詫《わ》びします。奥さんにも何と言っていいか……」

「すべては、事件が解決してからです」

城島は言った。「あなたは、すべてが解決してからあらためてうちに詫びに来なければならない。奥さんと二人でね」

そして、彼は穏やかに微笑《ほほえ》んだ。

樋口は、深々と一礼して玄関へ向かった。自分がひどく小さな人間のような気がしていた。しかし、城島に対する敗北感はむしろすがすがしかった。

14

「いよいよ人手が必要になってきたな……」

城島の家を出ると、氏家が言った。

「そうだな」

樋口はこたえた。「だが、私はやれるところまでやる」

二人で手分けして、城島の家の近所で聞き込みを行った。その結果、合計で三人が白いミニバンを目撃していた。ナンバーを見た者はいない。運転手を目撃した者もいなかった。しかし、二十六日に城島の家の近くで白いミニバンが目撃されていたことは確認できた。

「さて、このミニバンがどこの誰のものか……。時間と人手さえあれば必ず割り出せるのだが……」

氏家が言ったが、その口調はあまり差し迫った感じではなかった。どんなに緊張していても、焦《あせ》っていても、その口調があまり変わらないことを、樋口は知っていた。

「そのどちらもない」

樋口は言った。「私たちは可能性を追うことしかできない」

「具体的にはどうすればいいんだ?」

「おまえさんは、このあたりのレンタカー屋を当たる。二十六日に白いミニバンを借りた人間がいなかったかどうか。いたら、そのリストアップをする」

「犯人がこの近くのレンタカー屋で借りたかどうかわからないぞ。計画的な犯行ならば、離れた場所から借りてきたことも考えられる」

「祈るしかないな。もし、借りた店が遠くでも、返した店は近くにあるかもしれない。最寄りの営業所に乗り捨てるというのが一般的だ」

「祈るだって?　刑事が神頼みか?」

「知らなかったのか?　よくやるんだよ。望み薄だろうがやるしかない。どうせ、明日にはタイムアウトになるんだ。やれるところまでやる」

「わかった。……で、あんたは?」

「PBに行って、白いミニバンに心当たりがないかどうか尋ねてみる。地域課は、驚くほど地域のことを知っている。どこの家にどんな車があるかだいたい把握しているに違いない」

「俺もPBに行こう。レンタカー屋がどこにあるかあらかじめ聞いておいたほうが効率がいい」

二人は再び交番に向かった。三人の外勤警官が顔をそろえていた。安達もいる。

樋口は坂崎巡査部長に尋ねた。

「この近所で、白いミニバンを持っている家を知らないか？」

樋口はさりげなく、安達の反応を探っていた。安達は、もう一人の井上巡査と同様に何事だろうという顔で樋口を見ていた。その態度には不自然さは感じられない。

坂崎巡査部長は、目を瞬《しばた》いた。

「白いミニバンね……。さあ、私は心当たりがないな。君ら、どうだ？」

安達と井上は、一様に首を捻《ひね》った。

坂崎が言った。

「このあたりじゃ、見かけないね」

安達が尋ねた。

「その車がどうかしたんですか？」

樋口は、安達を見た。他の二人と異なった様子はない。その質問は自然なものに感じられた。

「二十六日の午後、城島氏の家の側で長いこと駐車しているところを目撃されている」

「なるほど……」

安達は眉《まゆ》をひそめた。「そいつは怪しいですね」

氏家が坂崎に尋ねた。

「このあたりにレンタカー屋はあるか？」

「三軒ある。甲州街道沿いに二軒。山手通りに一軒」

「場所を教えてくれ」

「その白いミニバンのことを尋ねるのか？」

「そうだ」

樋口はその間、安達を観察していた。安達は、氏家と坂崎のやり取りを眺めている。特に強い関心を持っているようには見えない。

突然、安達が言った。

「それ、自分がやりましょうか？」

氏家は安達を見た。

「なに？」

「自分がレンタカー屋を当たりましょうか？」

「せっかくだが、これは俺たちの仕事だ」

「協力しますよ。ねえ、部長」

安達が言うと、坂崎があまり乗り気ではない様子で樋口に言った。

「そうですね。この地域のことは私らの仕事ですから……」

「いや、私たちがやっているのは、正式に警察の仕事というわけじゃない。私たちでやるよ」

「じゃあ、俺はさっそく当たってくる」

氏家が、安達や坂崎に何も言わせぬタイミングで言った。

「私の携帯電話の番号は知ってるな?」

「知っている」

「あとで電話をくれ」

氏家は交番を出ていった。

安達は、氏家を気にした様子はなかった。レンタカーの話題も特に気にしている様子はない。

もしかしたら、白いミニバンは恵子の失踪《しっそう》とは無関係なのかもしれない。あるいは、レンタカーというのが見当外れなのかもしれない。さらに言えば、安達が無関係なのかもしれない。

何一つ確実な材料がなかった。安達は怪しいようで、実はまったく疑うべき根拠がないのだ。

「係長《ハンチョウ》、少しは眠ったのかね？」

坂崎が樋口に言った。

「ああ、昨夜はうちに帰ったよ」

「ひどい顔をしているよ。少しは休んだほうがいい。交番で仮眠取るかね？」

「いや、そうもしていられない」

樋口は交番を後にした。

迷っているときではない。こうしている間にも、恵子には危機が迫っているかもしれない。そして、樋口の手持ちの時間はどんどんなくなっていく。

賭《か》けに出るしかない。自分の感覚を信じるのだ。材料は少ないが、それでも判断材料がないわけではない。

賭けといっても、充分に勝ち目のある賭けだ。一か八《ばち》かではない。樋口はそう思うことにした。

もし、この賭けに負けたら、私は手を引いて警察の誰かに任せるしかない。月曜日から、警備部長脅迫事件の捜査本部に専念するしかないのだ。

そうなったら、おそらく生きている恵子には会えないのではないだろうか？　根拠はないが、そんな気がした。誘拐は時間がたてばそれだけ人質にとっての危険度は増す。それだけではなく、恵子を救うのは私でなければならないと樋口は思っていた。

私以外の誰が発見したとしても、そのときは手遅れになっている。それははっきりとした予感だった。

自分自身で恵子を救い出す。それこそが、義務であり責任である。それが果たせなかったとき、一生悔いが残ることになる。樋口はその予感を胸に刻まねばならなかった。


吹きっさらしの路上に立っていると、たちまち体が冷えきってしまった。

午後四時半。第一当番の上がりの時間だった。樋口は、代々木署の玄関を眺めながら、物陰に隠れていた。

日が短く、すでに夕暮れが近づいている。年も押し迫って、今日は二十八日だ。しめ縄を手にした人が行き交う。

去年の年末はどうしていただろう。

樋口はふと思った。思い出せなかった。事件があったのかもしれないし、何事もなく年越しの用意をしていたかもしれない。一年前のことが遠い昔のように思える。今日明日中に恵子を見つけることができなかったら、おそらく事件は年を越すだろうという気がした。

照美のことが頭をよぎった。受験生の照美に心理的な負担はかけたくない。なんとしても照美が帰ってくるまでに、この件を解決したかった。

来た……。

樋口は、代々木署の玄関から出てくる安達を見つけた。交番から署にいったん引き上げて、制服から私服に着替えたのだ。明るいブルーのジャンパーにジーパンという出《い》で立ちだ。そういう姿を見ると、まったく今風の若者だった。

安達は俯《うつむ》き加減で自宅のほうに向かって歩きはじめた。樋口は、尾行を始めた。樋口の賭けとは、安達をマークすることだった。

もう、あれこれ悩むのはやめよう。樋口はそう考えた。今、できることはおそらくこれしかない……。

安達は、昨夜カラーコピーを取ったコンビニに立ち寄った。樋口は辻《つじ》に立ち、安達が出てくるのを待った。

なかなか出てこない。またしても樋口は北風に痛めつけられた。体の芯《しん》から冷えてくる。コートの前を合わせて、しっかりと押さえた。風が髪をなぶっていく。

雑誌の立ち読みでもしているのだろうか？　たっぷり十分は待たされた。安達はポリ袋を二つぶらさげて出てきた。尾行を再開する。コンビニを出た安達は、まっすぐアパートへ向かった。

尾行には気づいていないように見える。まさか自分が尾行されるとは思ってもいないのだろう。樋口はそう思うと、少々大胆に後をつけていった。

角を一つ曲がると安達のアパートが見えてくる。今、安達がその角を曲がった。民家の生け垣に身を隠すようにして、樋口は角の向こうの様子を見ようとした。

角を曲がったところに安達が立っていた。こちらを向いている。樋口ははっと立ち尽くした。

安達は、奇妙な表情をしている。勝ち誇ったような笑いを浮かべているが、どこか淋《さび》しそうだった。

「自分に何か用ですか？」

樋口は、ひどく気まずかった。べつに堂々としていればいいのだが、失敗を見つけられたような気分になってしまった。

「べつに用というわけじゃないのだが……」

「自分を尾行していたのですね？」

こうなったらへたなごまかしはきかない。

「そうだ。尾行していた」

「なぜです？　自分が奥さんに何かしたと思うのですか？」

「前にも説明したな。この町で女房と会って話をした人間が二人確認されている。そのうちの一人は君だ」

「どうして、もう一人の城島さんではなく、自分を尾行するのですか？」

「城島氏はもう調べた」

「家宅捜索すると言っていましたが……」

樋口はうなずいた。

「家の中を見せてもらったよ。女房はいなかった。城島直己の奥さんが寝室で寝ていた。心臓が悪いそうだ」

「それで、城島さんの疑いが晴れたということですか？」

「そうだな。私の中では城島さんはシロになった」

「心証ですか？」

「そうだ」

「自分はシロではないのですか？」

「シロではない」

安達は傷ついた顔をした。樋口は後ろめたい気分になった。自分を慕っている後輩を傷つけている。身に覚えのない嫌疑だったら、取り返しのつかないことになるかもしれない。

安達はおそらくひどくデリケートな青年だ。偏《かたよ》ってはいるが、たしかに職務に熱心な警察官だ。うまく導いてやれば、その偏った性格も次第に改善されていくだろう。だが、樋口が嫌疑を掛けることで、そのチャンスが永遠に失われてしまうかもしれない。樋口はそんな不安を感じていた。

安達は、傷ついた顔のままひきつったような笑いを浮かべた。

「自分の部屋も調べてみますか？」

樋口は、うなずいた。

「そうさせてもらいたいな」

「見たければ、見てください」

樋口は安達の後についてアパートの部屋へやってきた。すでに、日が暮れかかっている。部屋の中はひんやりとした闇《やみ》に包まれている。安達が先に上がって明かりを点《つ》けた。

ドアを開けると、その脇《わき》に流し台がある。台所にはテーブルが置いてあり、その向こうに引き戸があった。引き戸を開けるとそこがリビング兼寝室だ。

左手の壁際《かべぎわ》にベッドがあり、部屋の隅にはパイプで組んだラックがある。ラックの最上段にはテレビがのっている。ラックの中にはビデオデッキをはじめとする、樋口が見てもよくわからないＡＶ機器が重なっていた。

神経質なくらいきちんと片づいていた。独身男性の部屋とは思えなかった。

「さあ、好きなだけ調べてください」

樋口は靴を脱いで部屋に上がった。部屋は台所と六畳だけだ。六畳の部屋には押し入れがあった。

樋口は無言で押し入れに近づいた。戸を開ける。上段には金属のパイプが渡してあり、洋服がハンガーで掛けられていた。スーツが数着、あとはカジュアルな洋服だ。

下の段にはプラスチック製の引き出しがついた整理箱が積み上げられており、その脇に寝具が収められていた。人を隠す空間はない。

「バスルームはあるのかね？」

「ありますよ。ユニットバスです」

台所にバスルームのドアがあった。安達はそのドアを指さした。残るはバスルームだけだった。

樋口はドアに近づいた。安達は無言で六畳間と台所の間に立ち、樋口の行動を見つめていた。

樋口はバスルームのドアを開けた。正面に洗面台。左脇に便器があり、右脇がバスタブになっている。シャワーカーテンがかかっており、樋口はそのシャワーカーテンを開いた。バスタブの中にも誰もいない。

樋口はシャワーカーテンを閉め、さらにバスルームのドアを閉じた。

「いかがです？　気が済みましたか？」

相手を蔑《さげす》むような調子を含んだ言葉だった。これが、もともとの安達のしゃべり方なのかもしれない。

「気が済むとか済まないとかの問題じゃない。これが捜査だ。君にはすまないと思うが、確認を取らなければならない。だから、刑事というのは世間から嫌われるんだよ」

安達は、嘲《あざけ》るようなかすかな笑いを浮かべた。

「わかっていますよ。自分はべつに気を悪くなどしていません」

樋口は、安達との関係が変化したのを感じ取っていた。憧《あこが》れの上司と部下という関係ではなくなっていた。もっと個人的なものを感じた。感情的と言ってもいい。

それは望ましいことなのかそうでないのか、樋口にはわからなかった。一般的な人間関係からいえば悪いことではなかった。つまり、よそよそしさがなくなったのだ。

だが、親しみが湧《わ》かないのはなぜだろう……？

おそらくそれは、安達が優位に立とうとしているからだということに気づいた。彼は、親しみという人間関係にあまり意味を感じていない。どちらが優位に立つか、そのことばかりを考えているのではないだろうか……。

それが、不快に感じられるのだ。

こいつは、私がへまをやったと考えているのかもしれない……。

尾行を気づかれたし、部屋の捜索は空振りに終わった。安達には、無実だという自信があるのではないだろうか。そして、無実の人間を疑い追い回している無能な刑事に対する軽蔑《けいべつ》を感じはじめているのかもしれなかった。

樋口は気まずかった。そのまま部屋を後にするのも間が抜けていたし、部屋に残って安達と話をするのも気が重かった。何を話していいかわからない。

その気まずさを救うように、樋口の携帯電話が鳴った。

「ちょっと失礼……」

樋口は電話に出た。氏家からだった。

「何かわかったか？」

「空振りだな」

氏家は言った。「二十六日に白いミニバンを借りていた者も、返却に来た者もいない」

「三軒とも当たったんだな？」

「もちろんだ」

「わかった。詳しく話を聞きたい」

「昨夜のファミリーレストランにいる。酒を飲んでいたガキどもに説教したところだ」

「了解」

樋口は電話を切った。

安達はじっと樋口を見ていた。やはり、捜査本部で会ったときの眼差《まなざ》しとは違っている。どこか哀れむような目つきだ。

あるいは、蔑んでいるのかもしれない。安達は、人間関係の深さや微妙さを知らない。その分、簡単に尊敬したり軽蔑したりしてしまうのかもしれない。

樋口は言った。

「部屋まで押しかけて、申し訳ないことをしたな。だが、これは……」

「いいんです」

安達は、樋口を遮るように言った。「ご心配なのはよくわかります。僕が樋口さんでも同じことをしたと思いますよ」

樋口は、靴をはいてドアを開けた。その背中に安達の声が聞こえてきた。

「だいじょうぶ。きっと奥さんは無事に帰ってきますよ」

樋口は振り向いた。安達の表情には、言葉とは裏腹にどこか面白がっているような笑いが浮かんでいた。

もしかしたら、それは樋口を慰めるための笑顔だったのかもしれない。しかし、そうは感じられない。樋口は、ぞっとするものを感じた。

その瞬間に、樋口は確信した。

こいつが犯人だ。間違いない。

氏家はファミリーレストランでコーヒーを前に、ぼんやりと窓越しに通りを眺めていた。

樋口が向かい側に腰掛けると、氏家は片方の眉《まゆ》を吊《つ》り上げ、驚いたように言った。

「何かあったのか?」

「なぜだ?」

「えらく威勢のいい顔つきをしている」

「威勢のいい……?」

「疲れがふっとんだような感じだ。まさかいけない薬なんぞやってないよな?」

「刑事にとっての妙薬は、犯人の手掛かりだよ」

「何かつかんだのか?」

「物証はない。だが、安達が犯人だという気がする」

「どうしてだ?」

樋口は、安達の部屋であったことを話した。そこで感じ取ったことも含めてすべて説明した。

氏家はしばらく黙って考えていた。コーヒーをひと口すると、彼は言った。

「そんなもの、根拠とは言えない」

樋口は、どう説明しようかと身構えた。それを抑えるように氏家が言った。

「……だが、俺は信じる。あんたは確信した顔つきをしている。獲物を見つけた猟犬だ。刑事の勘でも何でもいい。俺はそれに乗るよ」

「だから、勘じゃないんだ」

「わかっている」

「レンタカーのほうはどうなんだ?」

「電話で言ったとおりだ」

「しかし、乗り捨てするために、支店同士のネットワークみたいなものがあるんだろう?」

「大手のチェーン店はコンピュータでネットしている。だから、全国どこで借りようが好きなところで返却できる」

「ならば、この街に限らず、白いミニバンを借りた人間をリストアップできるはずだ」

氏家はにやりと笑った。

「俺が手を打たないとでも思っているのか?」

氏家を信頼していないわけではなかった。しかし、彼は捜査畑の人間ではない。

「ならばどうして結果を持ってこなかった？」

「手厳しいな。どこの店だって、そんなことを最優先で調べてくれるわけじゃない。手が空いたときに調べてくれるように頼んでおいた。一時間後に電話をするつもりだ。それでもだめなら、また一時間後に電話する」

「いいだろう」

「安達のほうはどうする？」

「張り込みをしようと思う。徹底的にマークする。二人じゃきついが、なんとかなるだろう」

「乗り込んで締め上げたほうがいいんじゃないのか？　ああいうやつは、けっこう実力行使に弱いかもしれない」

「暴力に弱いという意味か？　安達はあれでも警察官だぞ。私は、なんとか女房の居場所を探りたいんだ。強攻策はまだ避けたい」

「この寒空の下で張り込みか……。車があったほうがいいな」

「ない物ねだりをしてもしかたがない」

「俺がどこを回ってきたのか忘れたのか？」

「そうか……。レンタカーという手があったな……」

「コンピュータ・ネットの結果を聞きに回るついでに、一台借りてくるよ。レンタル料、警視庁《ホンブ》から出るかな?」

「私がポケットマネーで払うよ」

樋口は立ち上がった。「さ、すぐに張り込みにかかろう」

15

樋口と氏家は、アパートのドアが見える場所に陣取り、張り込みを始めた。北風が吹き抜ける路地だ。アスファルトが冷えきり、そのせいで底冷えがする。コートのボタンをすべて掛け、襟《えり》を立てた。

ドアの横に台所の窓がある。その窓に明かりが灯《とも》っている。念のため、アパートの反対側に回り、リビングルームの明かりを確認した。リビング兼寝室のほうは暗かったが、窓に刻々と色が変化する明かりが映っていた。それがテレビの画面だということがわかった。

テレビが点《つ》いていることを確認すると、樋口は氏家のところに戻った。アパートの玄関ドア側だ。

「さて、それじゃ俺はレンタカー屋をひと回りしてくる」

「白いミニバンと安達がどこかでつながるといいんだが……」

「ま、あまり期待しないで待っていてくれ」

「車を持ってきてくれるだけでもありがたいよ」

氏家が去り一人になると、寒さがいっそう身に沁《し》みた。ポケットに手を突っ込み、足踏みをする。明かりの下はまずいので、陰の暗がりに立つ。

張り込みのとき、刑事はひどく惨《みじ》めな気分になることがある。なんでこんな思いをしなければならないのかと、つくづく情けなくなり、やがてそれが怒りに変わる。その怒りは容疑者に向けられるのだ。刑事は単に法の執行のためだけに犯人を追っているのではない。犯人は、狩りの獲物であり、辛《つら》い捜査のはけ口でもあるのだ。

今回の犯人はそれだけではなかった。妻を危機に陥《おとしい》れた犯人なのだ。樋口は、寒空の下で張り込みをする辛さを、安達への静かな怒りに変換していた。

氏家がどれくらいで戻ってくるかわからない。彼のことだから、効率よく仕事をするに違いない。

だとすれば、最初に訪ねた店で車を借り、その車であとの二軒を回るはずだ。そうなれば樋口の待ち時間も短縮される。一時間以内に戻ってきてほしい。できれば三十分以内に。

そして、白いミニバンの手掛かりを持ってきてくれれば言うことはないのだが……。

玄関が開く音がして、恵子は目を覚ました。座り込んだままうとうとしていたのだ。すぐにバスルームのドアが開き、例の気味の悪いゴムマスクの顔が現れた。

「腹が減っただろう。すぐに食事の用意をする」

ゴムマスクの男が言った。

恵子はまたバスルームからベッドのある部屋に移され、ベッドのフレームに手錠でつながれた。

ずっとおとなしくしていた。すでに抵抗を試みようとは思わなかった。それが無駄なことはわかっているし、今はその必要を感じなかった。

やるべきことははっきりとしている。男と話をする。そして、それは恵子の戦いなのだ。うまく、男から話を聞き出し、さらにうまくすれば間違いを正してやることができるかもしれない。

男は台所で料理を始めた。恵子は時計を見た。

五時半になろうとしている。時間の感覚がなくなり、昼なのか夜なのかわからなくなっていた。恵子は、ビデオデッキの時間の表示を見た。十七時二十五分だった。これで午後であることがわかった。

仕事が終わって帰ってきたのだろうか?

恵子は、頭の中を整理していた。

何日目の午後五時半だろう……。

最初の夜は、男はこの部屋に泊まった。次の日は、ここには泊まらなかった。そして、今夜……。

ここへやってきたのは二十六日のはずだ。だから、今日は二十八日、日曜日だ。恵子は、なんとか平常心を保つために、日付と曜日を確認していたのだ。ここにいたのは二十六、二十七、二十八の三日間。つまり、金、土、日だ。今は三日目の二十八日、日曜日……。

ふと、恵子は奇妙な感覚にとらわれた。

頭の中で警報が鳴っているような感覚……。気をつけなければならない何か、気づかなければならない何かがある。しかし、それが何かわからない。

もどかしい不安感だった。

恵子は男の後ろ姿を見ていた。ジーパンをはいてセーターを着ている。ざっくりとしたモスグリーンのセーターだ。ジーパンの臀部《でんぶ》や太ももの部分の筋肉は発達している。セーターを着ていても、たくましい体つきをしているのがわかる。

鍛えたことのある体だ。

恵子は、逃げ出そうとしたとき、見事な足払いを掛けられたことを思い出した。慣れた所作だった。

柔道をやったことがあるのだろう。

どこか歪《ゆが》んだ欲望を持った誘拐犯と柔道。それがどうしても頭の中で結びつかなかった。

柔道のことを考えたとき、またしても頭の中で警報が鳴った。動悸《どうき》が激しくなる。何かに気づかなければならない。だが、どうしてもそれが何かわからない。

もしかしたら、気づくことを無意識のうちに拒否しているのではないだろうか？

そんな気さえした。

「今日はスパゲティーだ。ミートソースを作るよ」

男の声がした。マスクをつけているせいでくぐもった声だ。その声に聞き覚えがあるような気がしたのはやはり錯覚だったのか……。

何だろう？　私は何に気づかなければならないのだろう。

油で何かを炒《いた》める音。オリーブオイルでニンニクを炒める匂《にお》いに続き、タマネギを炒める匂いがしてくる。男の手際《てぎわ》はなかなかよかった。

やがて、男は、湯気の立つ皿をトレイに載せてやってきた。

「右手のフォークだけでなんとか食べられるだろう」

男が言った。

恵子は食べた。体力と気力を保つためにと、まずひと口頬張った。昨日のシチューは味を感じなかった。味わう気分ではなかったのだ。だが、今はおいしいと感じた。腹をくったせいなのかもしれない。ひと口目が食欲を誘い、次々と口に運んだ。

「どうだ? うまいか?」

「ええ」

恵子は言った。「なかなかおいしいわ」

男は身じろぎした。照れたのかもしれない。これが、別の状況だったら、なかなか素敵な雰囲気になったかもしれない。若い男の手料理を二人きりで味わう……。

「ワインがある。飲むか?」

恵子は飲みたいと思った。アルコールでリラックスしたいという気持ちもあった。

「飲みたいわね」

男は、使い捨てのプラスチックのコップに赤ワインを注いで持ってきた。恵子がワインをひと口飲み、さらにスパゲティーをフォークに巻きつけるのを見て、男は台所へ行った。この間と同じく、こちらに背を向けて食事を始めた。彼もワインを飲んでいるようだった。

「こっちで一緒に食べたらどう？」

恵子が声を掛けた。

男は背を向けたままこたえた。

「あんたに顔を見られるわけにはいかない」

「なぜ？」

「顔を見られたら、あんたを殺さなければならなくなる。僕の身を守るためにね。あんたは、僕が誰かを知らずに、僕のやったことだけを見届ける役割なんだ」

「理屈は通っているわね。あなたに殺されるわけにはいかない。あなたの顔を見ようなんて思うのはやめにするわ」

「いったいどうしたんだ？」

「何が？」

「今日はよくしゃべる」

「黙っているのが退屈になったのよ。それにショックもだいぶ癒《い》えた。突然、ここへ連れてこられて、私は怯《おび》えきっていた。でも、あなたは私に危害を加えようとはしない。それに気づいたの」

「やはり、賢いね……。僕が見込んだとおりだ」

いったいどこで見込んだというのだろう？　能力開発の教室で一度見かけただけで目をつけられたということなのか？　恵子の常識でいうとそんなことは考えられなかった。

男は、食事を終えると言った。

「明日は、仕事が午後からなんでね。今夜は話をする時間はたっぷりあるよ」

ようやく車のヒーターが働きはじめ、樋口は人心地《ひとごこち》がついた。

三軒のレンタカー屋ではまだ白いミニバンについて調べていなかった。すぐに調べてリストを作るようにと、今度は少々強硬に申し入れたと氏家は言っていた。

こちらには裁判所の令状もない。相手の善意に頼るしかない弱い立場だ。

「それで、動きはないのか？」

氏家が尋ねた。

「ない」

氏家は、フロントガラスから安達の部屋を見上げた。台所の明かりは灯ったままだ。

「部屋には誰もいなかったのだろう？」

「どこか別の場所があるに違いない」

「別の場所？」

「そうだ。人質を隠しておけるような場所だ。彼はきっとそこへ移動する。そのときがチャンスだ」

「誘拐を人目につかずにやってのけるくらいに抜け目のないやつだ。俺たち二人だけじゃ心もとないな……」

「心もとないのは最初からだ。私はこのままやり遂げたい」

「わかっている」

氏家はそれきり口を閉ざした。車内がヒーターで暖められ、樋口はすっぽりと自分だけの世界に包まれたような錯覚を起こした。幼い頃、押し入れに隠れたりしたときに感じた独特の安堵《あんど》感《かん》だ。

樋口は、腕を組んだまま安達の部屋の台所を眺めていた。ふと、他にもっと効率のいいやり方があるのではないかという考えが浮かんだ。

だが、すぐに、このやり方に間違いはないと思い直した。そう自分に言い聞かせることにした。

待っていろ。必ず助けに行く。今、私は着実におまえのもとに近づきつつある。

もうすぐだ……。

男は、恵子の目の前でノートパソコンのスイッチを入れた。ウィンドウズが立ち上がった。

こういうパソコンがあったら、翻訳の能率ももっと上がるかもしれない。恵子は、立場も忘れてそんなことを思った。

男は、エディタ・ソフトを立ち上げた。自動的にテキストファイルが呼び出された。文章が記されている。

「ちょっと、これを読んでくれ」

男は、ノートパソコンをベッドの上に置いて、ディスプレイを恵子のほうに向けた。

「矢印のキーでスクロールする。わかるな?」

恵子はうなずいた。それほど長い文章ではなかった。冒頭の部分を声を出して読んでみた。

「腐敗した権力を擁護する警視庁警備部を許すことはできない……」

恵子は男のほうを見た。

「何これ? 何かのメッセージ?」

「まあ、全部読んでみてくれ」

恵子は言うとおりにした。

経済政策の無策による金融機関、証券会社の相次ぐ倒産。その責任を逃れようとする大蔵大臣。族議員の圧力に屈して骨抜きの行政改革しかできぬ無能な総理大臣、云々《うんぬん》……。

その文章は、そうした腐りきった権力を擁護することを任務とする警視庁警備部を非難していた。そして、その責任者である警備部長に天誅《てんちゅう》を加えるというひと言で締めくくってあった。最後に「激昂《げっこう》仮面」という署名。

恵子はあきれたように言った。

「これはいったい何なの?」

「どう思う?」

「どうって……。なかなか正義感あふれる文章ね。でも、権力の批判の部分は特に目新しさはないと思うわ」

「陳腐な文章だと言いたいわけだね」

「陳腐とは言わないまでも、人目を引く文章ではないと思うわ」

「さすがに、翻訳を仕事にしているだけあるね」

その声にはかすかな笑いが含まれていた。「この文章はね、たしかにこれだけでは注目を集めることはないだろう。でも、これが、直接警備部長の自宅に届けられたとしたらどうだろうね？」

恵子は眉《まゆ》をひそめた。

「それはどういうこと？」

男は肩をすぼめた。

「さて、あんたはこの脅迫状を読んだね？　内容も把握した」

「脅迫状ですって……」

恵子は思わず聞き返していた。男はその問いにはこたえなかった。

「激昂仮面というのは僕のことだ。これから新聞やテレビでこの名前が有名になると思う。だから、僕のことだということを忘れないでほしい」

この男は、自己顕示欲の虜《とりこ》になっている。だが、ただ単に他人に見られたいのではない。話題になりながら、自分自身は安全な場所にいるのがいいのだ。

そのためには匿名性《とくめいせい》が必要だ。しかし、誰にも気づかれないのはつまらない。そこで、証人が一人必要だったということなのだ。恵子がその証人に選ばれた。理由はわからない。だが、とにかく選ばれたのだ。

「脅迫だけなの？」

恵子が尋ねると、男は誇らしげに言った。

「僕はやることはやるよ。警備部長に天誅を下すという言葉に嘘《うそ》はない」

「何をするつもり？」

「国松警察庁長官が撃たれたことがあっただろう？　あれくらいのことはできるね」

その口調は淡々としていたが、それだけに余計不気味に響いた。

なぜ、標的が首相や大蔵大臣、もしくは大手銀行や証券会社の責任者ではなく、警備部長なのだろう。恵子は疑問に思った。着眼点が普通とは少し違っていると思った。世の中に義憤を感じる人は多い。しかし、その怒りを警察に向ける人は少ないのではないか……。

そのとき、恵子は気づいた。

男が恵子の前に現れる時間のパターンは、たしかに恵子が知っているものだった。

恵子は思わず叫びそうになった。

頭の後ろを何かで殴られたような気さえした。

恵子が誘拐されたのは、二十六日の金曜日。つまり、ウイークデイの午後のことだ。その時間帯に男は自由に歩き回っていたことになる。

そしてその夜、男はここに泊まり、朝早く出ていった。土曜日に再び現れたのは夕方だった。そして、翌日は早いからと言って帰った。今日、現れたのは夕方だった。

さっき、男ははっきりと言った。明日の仕事は午後からだ、と……。

間違いなかった。恵子はその生活パターンを知り尽くしていた。非番、日勤、第一当番、第二当番のローテーションという警察官の勤務がそのまま当てはまる。

若い頃、樋口もそのローテーションで暮らしていたのだ。恵子も、その生活に慣れていた。日勤の生活になったのは、樋口が警視庁の刑事になってからのことだ。

この男は警察官かもしれない。

そう思ったときに、恵子は全身から血の気が引いていくような気がした。

頭の中で鳴っていた警報は、それを知らせようとしていたのだ。柔道の訓練をしているというのも、警察官ならば当然だ。社会に対する義憤を感じたとき、その怒りが政治家そのものでなく、それを警護する警備部に向けられたのも、警察官ならばうなずける。

彼は同じ警察官として、警備部が許せないと感じたのだ。彼の正義感に照らして、警備部のあり方は間違いだと感じたのだろう。

今、恵子は彼が何者かようやく気づいた。このゴムマスクの男は、初台の交番の巡査だ。声に聞き覚えがあるような気がしていたのは錯覚ではなかったのだ。

恵子は絶望に声を上げそうになった。夫が、初台で二度会った警察官を見つけ出し、それを手掛かりに必ず自分を見つけ出してくれるに違いない。そう信じていた。だが、その警官こそが、自分を誘拐した犯人だった。

恵子は、あまりのことに言葉を失い、目を大きく見開いていた。

「そんなに驚くことはない」

ゴムマスクをかぶった若い警官が言った。「狙撃《そげき》などたいして難しいことじゃない。まあ、脅迫されて警備部長のほうも警戒しているだろうが、なに、僕にはうまくやる自信がある。計画どおりやれば間違いない」

彼は、恵子が正体に気づいたとは思っていない。決して勘づかれてはいけないと思った。正体を知られたら殺さなければならない。彼ははっきりとそう言った。その言葉が脅しだという保証は何もない。

「驚くわよ」

恵子は言った。「それはテロじゃない。誰だってそんな話を聞けば……」

「テロという行為は手段にすぎない。目的が正しければ手段は正当化される。僕はそう信じている」

恵子は心底からぞっとした。

いくら警備が厳重でも、警察官ならばターゲットに近づけるかもしれない。そして、警察官は銃を持っている。彼がどんな計画を立てているかはわからない。だが、一般人にはできないことも、警察官にならできるような気がした。

「あんたは、この部屋で、ニュースを見ることになる。僕が警備部長に天誅を加えたニュースをね。そして、その犯人がたしかに僕であるということを知ってくれればそれでいい。あんたの役割は、知ることだ」

恵子は何も言わなかった。彼を刺激したくはなかった。

彼が恵子に会ったのは、一度だけではなかった。能力開発教室で恵子を見かけたというのは本当かもしれない。だが、そのときだけではなかったのだ。

城島の家を尋ねるため交番に立ち寄ったとき、そして、その約一週間後にもう一度彼に会っている。恵子のほうは気づかなかったが、向こうは能力開発教室で会っていたことに気づいていたのかもしれない。

そして、恵子が樋口の妻であることを知った。

何度か出会うことで、そして、彼女が樋口の妻であるということで、彼は何か特別な縁のようなものを感じたのではないだろうか。それが、恵子を選んだ理由なのかもしれない。

恵子は、望みを断たれた。あの警官が犯人だった。もし、樋口が彼にたどり着いたとしても、ここへやってくることはない……。

何もせずにじっとしていれば、解放されるかもしれない。彼は、自分がテロを成功させることを知ってほしいのだ。誰かが彼の仕業であることを知っていさえすればいい。

だが、そのまま恵子を解放するという保証がないのも事実だった。テロを完遂した後、彼は自分の正体を恵子に告げる欲求を感じるかもしれない。そして、自分が初台で会った警察官であることを告げ、その後に恵子を殺すことだってあり得る。

おそらく、そのほうが彼にとって快感は大きいはずだ。いずれ、彼はそのことに気づくような気がした。

さらに、恵子は、彼がテロ行為に及ぶのを黙って見ているしかないのが悔しかった。なんとかしたかった。

ここを抜け出すのでもいい。彼を説得するのでもいい……。

その悔しさが、恵子を絶望から辛うじて救った。彼女は、当初の予定どおり、彼と話をすることにした。幸い、時間はたっぷりあると言っていた。

そう。時間はある。第二当番は午後四時半の出勤だから……。

16

氏家が運転席でもぞもぞと身じろぎをして言った。

「ぼちぼち、レンタカー屋を回ってこよう」

樋口はうなずいた。

「じゃあ、この車を使うといい。私は、その間、外で張り込みをやる」

「刑事というのは、見上げた根性だ。俺に歩いていけとは言わないんだな?」

「効率の問題だ。車で回ったほうが早く済む」

「効率だけを考えたら、電話で済ませることもできる」

「電話と実際に訪ねていくのとでは、相手に対するプレッシャーが違う。リストを作れと言っておいたのだろう。書類があるならそれを手に入れたいしな」

樋口はドアを開けて外に出た。とたんに風の冷たさが身に沁《し》みた。氏家が乗った車がテールランプを光らせて去っていく。また、さきほど感じた惨《みじ》めさが忍び寄ってきた。

樋口は、台所の明かりを見上げ、もう一度リビング兼寝室の側に回ってみようと思った。アパートの反対側から窓を見上げると、やはりちらちらとテレビの明かりが窓に映っている。

定位置に戻ろうと歩きはじめた樋口は、ふと立ち止まってもう一度窓を見上げた。

窓にテレビの明かりが映っている……？

その窓は、正確に言うとベランダへ出るための引き戸で、下半分が半透明の飾りガラス、上半分が透明のガラスとなっている。テレビの明かりはその半透明の飾りガラスに映って見えている。

樋口は、安達の部屋の中を思い出していた。リビング兼寝室を覗《のぞ》いたとき、ベランダへ出るためのガラスの引き戸は正面にあった。そして、ラックにのったテレビはこちらを向いていた。

ガラスにテレビの明かりが映っているというのは不自然ではないだろうか？

暗い部屋がテレビの明かりで照らし出されて、部屋全体の色が刻々と変化するということはある。だが、今見えているのはそうではない。明らかに直接画面の光が飾りガラスを透かして見えているのだ。

安達がテレビの角度を変えたのだろうか？

そうだとしたら、それはなぜだろう？

樋口は不安を覚えた。

階段を駆け上がって、踏み込みたい衝動に駆られる。だが、それはせっかくの張り込みをぶち壊しにする恐れもある。

とにかく、氏家の帰りを待とう。それまで様子を見ているんだ。踏み込むにしても、一人より二人のほうがいい……。

樋口は定位置に戻り、出入り口のドアと台所の明かりを見つめていた。台所の明かりが点《つ》きっぱなしというのも不自然といえば不自然だ。テレビを見てくつろいでいるのならば、台所の明かりは消してもよさそうなものだ。

やはりおかしい……。

じりじりするような気分で氏家の帰りを待った。寒さと苛立《いらだ》ちで足踏みをしてしまう。ヘッドライトが近づいてきた。氏家が帰ってきたのだ。車はさきほどと同じ場所に停車した。

樋口は駆け寄り、助手席に滑り込むと言った。

「おい、様子がおかしいぞ」

まったく同時に、氏家が言っていた。

「つながったぞ」

樋口は訊《き》いた。

「何だって？」

氏家はいつになく興奮していた。彼は、メモ用紙をかざして、ルームランプを点けた。手書きのメモだった。

そこには、五人分の名前と住所が記されているが、その中に安達弘の名前があった。

「二十六日に白いミニバンを借りていた人物のリストか？」

「都内に限定して調べてもらった。安達は、高円寺の支店でミニバンを借りていた。返却したのも高円寺……」

樋口は唇を嚙《か》んだ。

「安達は部屋にはいないかもしれない」

「いない？」

氏家は、フロントウインドウ越しに部屋を見上げた。樋口は、テレビの件を話した。

「確認しよう」

「どうするんだ？」

「訪ねていくしかないだろう」

樋口は考えた。他に手はなさそうだった。階段を駆け昇り、安達の部屋のドアを叩《たた》いた。返事はない。さらにドアを叩く。

「安達。私だ、樋口だ。ドアを開けてくれ」

やはり返事はない。氏家が隣の部屋を訪ね、安達が出掛けたかどうか訊いている。知らないと言う。管理人はどこにいるかと尋ねると、アパートの裏手にある一軒家に住んでいるという。氏家が駆けていき、管理人を伴って戻ってきた。

鍵《かぎ》を開けてもらい部屋の中を調べた。安達はいなかった。テレビは半ば窓を向くように置かれている。部屋でテレビを見ているように見せかける偽装だった。

管理人に礼を言って車に戻った。

「私たちがファミリーレストランで会っている隙《すき》に出掛けたのかもしれない。うかつだった」

「ほんの十分かそこらの時間だろう？」

「十五分ほどだ。部屋を出て姿をくらますには充分な時間だ」

「どこへ行ったんだ？」

「女房を隠している場所だ。おそらく高円寺にある」

「どんな場所だというんだ？　人質を隠しておける場所なんてそうはないぞ。ホテルだって難しい。人目があるからな……」

「わからん。しかし、そういう場所がなければ、誘拐など不可能だ。もしかして、共犯者がいるのか……」

「あいつに共犯者がいるとも思えんな。とにかく、状況が変わった。白いミニバンのレンタカーを安達が借りていた。これで誘拐の容疑は固まったと見ていい。立派な刑事事件だ。それに、あんたは安達の部屋を捜索してあいつを追い詰めたことになる」

「代々木署に行こう。捜査本部で一緒だった刑事がいるはずだ。事情を説明しよう」

　氏家はすぐに車を出した。


　当直の刑事は、顔見知りだった。園田という名の若い刑事だ。彼は、樋口と氏家の勢いに驚き、完全に面食らっていた。

「ちょっと待ってください。誘拐ですって？　うちの地域課の巡査が容疑者……？　それ、いったい、どういうことです？」

　樋口は、順を追って説明した。園田は、眉《まゆ》をひそめてじっと話を聞いていた。話を聞きおわると、彼はひどく不機嫌になって言った。

「自分にはいま一つ確証に欠けるように思えますね。うちの安達が容疑者だというのは納得できません」

「私だって納得しているわけじゃない。安達はこの間の捜査本部で一緒だった。まんざら知らないわけじゃないんだ。だが、事態は逼迫《ひっぱく》している」

「自分の判断じゃどうすることも……。係長か課長に連絡しないと……」

「ならば、早くしてくれ」

樋口は言った。「私の妻に何かあったら、あんたに責任を取ってもらうぞ」

園田は恨みがましい顔で受話器を取った。樋口は、自分が理不尽なことを言っているという自覚があった。しかし、言わずにはいられない。

最初の段階から代々木署に話を通しておくべきだったのだろうか？　ふとそう思った。しかし、その必要はなかったし、それはかえって危険だったと思い直した。

私のやり方は正しかったのだ。何といっても、代々木署は安達のホームグラウンドなのだ。

強行犯係の係長がやってきたのが十五分後、さらに刑事課長がやってきたのがそのさらに十分後だった。

刑事課長が言った。

「うちの署に来て、何やら騒いでいるのがいると聞いてきたが、樋口さん、あんたのことだったのか？」

樋口は時間を浪費したくなかった。

「妻が誘拐された。現場はこのすぐ近くだと思われる。容疑者は、私の考えではおたくの地域課の安達巡査だ」

刑事課長は難しい顔でうなずいた。

「話は電話で聞いた。だが、後で間違いでしたじゃ済まされない話だぞ」

「妻の身の上に何かあってから、間に合いませんでしたじゃ済まされない」

刑事課長は、さっと強行犯係長と顔を見合った後に言った。

「わかった。説明してくれ」

樋口は、園田にしたのと同じ説明を繰り返さなければならなかった。苛立ちを抑え、最初から順を追って説明した。

説明を聞きおわった刑事課長は、あれこれ余計なことは言わなかった。すぐに、捜査の段取りにかかった。容疑を固めるのは後回しだった。安達が恵子をどこに隠しているかを突き止めるのが最優先だった。

安達の同僚や上司、そして、八王子にいる両親に聞き込みを行う段取りが組まれた。

樋口は、大きな装置が動きはじめたのを感じた。捜査本部が発足したときによく味わう、充実感と一種の疎外感《そがいかん》が一体となった不思議な感覚だ。

まだ、事件が私の手を離れたわけじゃない。

樋口は思った。

現場に真っ先に踏み込むのはこの私だ。


ゴムマスクをした男は、恵子のほうを見ずに床に座っていた。恵子と同じ目線の高さだった。この男が、あの警官であることはすでに間違いなかった。

あらためて声を聞くと、あの警官の声に違いないと確信できた。

恵子は、変わらぬ態度を心掛けた。

「さて、今日は何の話をしようか？」

若い警官が言った。

恵子はこたえた。

「あなたの小さな頃の話を聞かせて」

「そんな話はつまらない」

彼は冷ややかな声で言った。「僕の話より、あんたの話が聞きたい」

「一方的な話では会話とは言えない。昨日は私の話をしたでしょう。今度はあなたの番よ」

「何を話せばいいのかわからない」

彼の声の調子が変わった。それまでの自信に満ち、他人を蔑《さげす》むような感じではなくなった。

たしかに彼は、自分自身の過去や内面に関することを話そうとしない。いや、どう話していいのかわからないのかもしれない。戸惑いが感じられる。

「家族のこととか……」

「家族の何が聞きたいんだ？」

「構成は？」

「父親と母親と……。だが、ただいるだけだ」

「兄弟は？」

「いない」

彼は苛立ちはじめている。自分の家族のことは話したくないようだ。だが、ここで逃げ道を作ってはいけない。

「お父さんとお母さんは元気なの？」

「知らないよ。なあ、どうしてこんな話をしなきゃならないんだ？」

「お父さんのお仕事は？」

「サラリーマンだよ」

「どんな会社？」

「どうでもいい。僕は父親のことなんて、よく知らない」

「一緒に暮らしていたんじゃないの？」

「同じ家にいた。だが、一緒に暮らしていたかどうかはわからない」

「どういうこと？」

「あまり話をしたことがない」

「お父さんとお母さんは仲が悪かったの？」

「べつに……」

「べつにって？」

「仲は悪くないよ。ただ、父親も母親もあまり話をしなかった。僕はずっと自分の部屋にいた。部屋にテレビがあったし、ゲームもあった。電話もあった。だから、いつも自分の部屋にいたんだ」

この青年は恵まれた環境で育ったのだ。自分の部屋があり、何でも買い与えられた。両親も離婚などしていたわけではない。

だが、どこかいびつだと感じた。

うまく、他人との関係を築くことができない。自分なら何でもできるという勝手な思い込み。他人は自分より劣っているという錯覚。自分は常に正しいという誤った正義感。

普通の家庭で育った若者がどうしてこうなってしまうのだろう。

恵子は背筋が寒くなる思いがした。もしかしたら、現代の若者の多くがこの若い警察官のような人格に育ってしまっているのかもしれない。

照美のことが頭に浮かんだ。照美はだいじょうぶなのだろうか？

他人との関わりがうまくない第一の原因が、核家族化と少子化にある。そのことは否定できなかった。照美も一人っ子なのだ。

だが、世の中の一人っ子が皆おかしくなるわけではない。その危険性を常にはらんでいるにしろ、社会的生活に支障のない生活をしている一人っ子もいるのだ。

一人っ子であることは原因の一つにすぎない。他にも原因があり、それは親、特に母親との関係にあるような気がした。

「お母さんは厳しかったの？」

恵子はそう尋ねずにはいられなかった。

「厳しかっただって？　それはどういうことだ？」

「躾《しつけ》とか……。勉強しろってうるさく言ったとか……」

「どこだってそうだろう？」

「お父さんは？」

「父親がどうしたんだ？」

「躾は厳しかった？」

「あの人に何か言われたことなんてないよ」

その言い方が気になった。ひどく冷淡な口調だった。この若者は父親を尊敬していない。子供にとって、特に男の子にとって父親を尊敬できないというのは、大きな問題があるような気がした。

「お父さんは立派な人ね。少なくとも、あなたたち家族に経済的な苦労をさせなかった」

彼は嘲《あざけ》るように言った。

「立派だって？　冗談じゃない」

「どうして？　あなたに部屋を与え、その部屋にテレビやゲーム機や電話まで与えてくれたんでしょう？　そういう家を維持するだけの収入を得ていたのよ。それだけでも立派なことなのよ」

「そんなことないよ……」

「どうしてそう言えるの？」

「だって、いつも母さんにばかにされていた……」

その言葉は消え入りそうだった。ひどく無防備な少年のつぶやきのようだった。

「ぐずでのろまだし、センスは悪い。家族のことはほったらかし、家のことは何一つ一人じゃできない……。いつもそんなことを言われていた……」

彼の父親は、いわゆる会社人間だったのだろう。高度成長時代にはモーレツ社員と言われたに違いない。競争に勝ち抜き、そこそこの経済的成功を手に入れた。

しかし、彼の母親はそんな夫が不満だった。ひょっとしたら、自分勝手でわがままな性格なのかもしれない。母親は夫に不満をぶつけ非難した。

家庭にいる子供は外で働く父親の価値がわからない。それを教えるのは母親でなければならない。父親が疎外された家庭では、子供はなかなか健全には育ちにくい。父親というのは、心理的には畏怖《いふ》と尊敬の対象であり、責任の象徴だ。子供の心にそういう存在が欠落すると、子供は他人に対する尊敬や、責任感というものを知らずに育つことになる。

おそらく、彼の母親は、精神的に優位に立つために夫をばかにしたのだろう。この若者は、そういう母親の父に対する態度を、他人に対する態度として学んでしまったのだ。

恵子はひどく暗い気分になった。

世の中には、この若者のように育ちつつある子供たちがたくさんいるはずだ。畏怖や尊敬という感情を失った子供たち。責任の大切さを学ばなかった子供たち。その原因は家庭にある。疎外される父親。増長する母親。そういう家庭を増加させた日本の社会にある。つまり、大人たちが子供をちゃんと教育できない世の中なのだ。

「あなたのお父さんは立派よ」

恵子は言った。

「どうしてそんなことがわかる」

弱々しい声ではなくなっていた。嘲るような調子が戻っている。彼は揺れ動いているのかもしれない。

「家族を養ったわ。あなたにちゃんとした学校教育を与えた。あなたを飢えさせなかった。考えたこともないでしょうけどね、ほんの半世紀前まで、日本中に飢えた子供たちがいたのよ」

「今はいない」

「そういう世の中にしたのは、あなたのお父さんたちなのよ」

「そうだ。こういう世の中にしたのは、僕の父親たちだ。自然を破壊し、汚職まみれの政治家を許し、今や唯一《ゆいいつ》の拠《よ》り所だった経済も破綻《はたん》しようとしている。そんな世の中にしたのは、父親たちだ」

「あなたは、お母さんの言うことがすべて正しいと思っているのね。滑稽《こっけい》だわ」

「何だって……?」

「どうして、片方の言い分にしか耳を傾けないの? お父さんの話を聞いたことがある?」

「父は僕と話なんかしようとしない」

「あなたがしようとしないからでしょう。向こうから話しかけてくるのを待つだけ? お母さんはあなたにいろいろと話しかけたでしょうね。でも、あなたに話しかける人だけに、言いたいことがあるわけじゃないの。言いたいことがあっても黙っている人だっているのよ」

「あんたには関係ない。僕の家庭のことだ」

「あなたが私をここに連れてきたのよ。そして、話をしようと言った。関係ないなんて言わせないわ」

「うるさいな……」

マスクの警官は、苛立《いらだ》ちを露《あらわ》にした。「あんたも、母さんと同じだ。ああしちゃいけない、こうしちゃいけない。あれはこうしなさい、ああしなさい……。うるさいよ……。なんで僕の自由にやらせてくれないんだ？」

「違うわ」

恵子はきっぱりと言った。

「何が違うんだ？」

「私は対等の人間としてあなたを批判しているのよ。それを受け入れるかどうかはあなたの勝手。あなたを私の思いどおりにしようなんて思っていない。はっきり言うとね、あなたがこの先どうなろうと知ったことではない。私は、正しいと信じていることをあなたに言っているだけ。誤解しないでね」

彼は、恵子のほうを見たまま動きを止めた。言葉を失っている。ショックを受けたようだ。

この若者は、私に何を求めていたのだろう。理想の母親像なのだろうか？　優しく包んでくれる母性……。彼の母親は、彼を可愛がるあまりひどく口うるさかったのだろう。

だから、テレビで見るようなさわやかで温かい包容力を求めたのかもしれない。迷惑な話だ。私は照美を育てるだけで精一杯だ。そして、彼の母親以上に彼を愛することなどできない。

「それでいい」

やがて、彼は言った。再び、冷ややかな口調が戻っていた。「それでいいんだ。あんたは、ただ、僕のやることを見届ければいいんだ」

彼は表面を取り繕っている。しかし、その心の中は揺れ動いているはずだった。ようやくバランスを保っている状態だろう。

何かきっかけがあれば、変わるかもしれない。だが、そのきっかけが何か、恵子には見当もつかなかった。


代々木署では捜査員がかき集められ、聞き込みに回っていた。地域課の課長も署にやってきて、刑事課長と何やら難しい顔で話し合っていた。

樋口と氏家は、その二人を離れた場所から眺めていた。

「何を話し合っていると思う？」

氏家が言った。

「私の悪口だ」

「それから？」

「署長ら幹部にいつ報告するか相談しているんだろうな。現職の警察官が誘拐事件を起こしたとすると、署長の首が飛ぶ恐れがある。地域課の課長も無事では済むまい」

「当然だな。だが、課長や署長の責任じゃないぞ」

「誰の責任だ？」

「あんなやつをのさばらせておく大人全部の責任だ。若いのはきっちりと鍛えなきゃな」

「おまえさんらしい言い方だよ」

現場の捜査員たちは安達の行方を追っているが、管理職は別のことを考えていた。どうやったら自分の責任が少しでも軽くなるか、それればかりを考えているようだ。

当然だ。樋口は思った。

私だってその立場になれば、そう考える。地域課長や、署長、副署長といった連中がつくづく気の毒だった。

二人が代々木署にやってきて、すでに一時間半が経過していた。

時計を見ると夜の九時を過ぎている。樋口と氏家がファミリーレストランにいる間に安達が消えたとして、それからすでに三時間近くが経過している。

樋口はじりじりと身を焼かれるような気分だった。何もすることがないのが一番辛《つら》い。これなら寒空の下、張り込みをしているほうがよかった。

電話が鳴るたびにはっとする。期待、そして失望。それの繰り返しだ。

また強行犯係の電話が鳴った。係長がさっと受話器を取る。樋口はその姿を眺めていた。つい、期待をしてしまう。いや、どうせまた空振りだ。いや、今度こそは……。

係長は、メモ用紙を引き寄せ、ボールペンで走り書きした。期待の持てる仕草だ。

電話を切ると係長は、樋口をちらりと見て、刑事課長に向かって言った。

「安達巡査が、自宅とは別にもう一つ部屋を持っているという情報を得ました」

樋口は、係長に歩み寄っていた。

刑事課長が聞き返した。

「もう一つ部屋を？」

「学生時代の友人が知っていました。安達が学生のときに使っていた部屋だということです。両親が投資目的で買った1DKで、その後価格が下がって売るに売れなくなり、今でもときどき隠れ家みたいに使っているということです。場所は野方一丁目……」

係長は住所を読み上げた。樋口はそれを手帳にメモした。

「最寄り駅は高円寺。係員が二名向かっています」

すでに氏家が出口に向かっていた。樋口は係長に言った。

「中に人質がいる恐れがある。うかつに部屋に近づかないように言ってくれ。私たちが行くまで待つように……」

17

「おそらく、週明けには脅迫状のことがマスコミを賑《にぎ》わすだろう」

ゴムマスクの警官は言った。「警備部長の会見もあるかもしれない。そのときの顔が見物だ」

「あなたは警備部長の顔なんて知っているの?」

「僕は何でも知っている」

「警察は脅迫状のことを表沙汰《おもてざた》にしないかもしれないわ」

「どうしてそう思うんだ?」

「どうしてって……、なんとなくよ。夫は警察官よ。警察がどんなものかだいたいわかっているわ。不名誉なことは隠したがるのよ」

男は黙っていた。彼も警察官だ。恵子の言葉に思い当たる節があるのだろう。彼は肩をすぼめた。

「だったら、また脅迫状を出すだけのことだ。そして、脅しではなく、僕が実際に警備部長に近づけることを証明してやる。そうなれば、黙殺はしていられなくなる」

「警察は黙殺などしない。秘密にしておいて捜査するのよ」

「知っているさ。だが、警察は僕を見つけることはできない」

「どうかしらね……」

「何が言いたいんだ？」

「あなたは、間違いを犯した」

「間違いを？　僕が？　冗談だろう。僕がどんな間違いを犯したというんだ？」

「私の夫を敵に回してしまった。夫は優秀な刑事よ。そう、警察が脅迫状の件であなたを見つけることはできないかもしれない。でも、夫は私を誘拐した件であなたを必ず見つけるわ」

　ゴムマスクの男はくすくすと笑った。

「どうかな？　優秀な刑事だって？　僕はあんたの旦那《だんな》を出し抜いてやったんだ。今頃、慌《あわ》てふためいているだろう」

　恵子ははっと男を見た。

「夫に会ったということ？」

「そうさ。僕の部屋を調べたよ。だが、何も見つからなかった。当然だ。そして、あんたの旦那はこの部屋のことは何も知らない」

部屋を調べた……。

夫はこの警官の部屋を調べた。

再び希望の火が灯《とも》った。

夫が部屋を調べたということは、この警官を疑っているということだ。ただ単にこの警官までたどり着いただけでなく、疑っているのだ。

ならば、夫は決してこの警官を逃しはしない。決して……。

恵子の表情が明るくなったのを、男は見逃さなかった。

「旦那が助けに来るとでも思っているのか？」

「必ず来るわ。だから、今のうちに私を解放して自首したほうがいいわ。今ならまだ罪は軽い。もしかしたら、悪戯《いたずら》で済まされるかもしれない。ここに踏み込まれたら、あなたはお終《しま》いよ」

「冗談じゃない。どうしてここがわかるというんだ？」

「警察の捜査をなめちゃだめよ」

「捜査というのは組織力がものを言うんだ。だが、あんたの旦那は氏家というやつと二人だけで動いている。僕はそれを確認している」

「いつまでも二人きりじゃないかもしれないわ」

その言葉は、男を不安にしたようだった。次第に落ち着きをなくした。しきりに何かを考えはじめる。

「あんたの言うとおりかもしれない」

「わかったら、ばかなことはもうやめるのよ」

「僕はばかなことなど何一つしていない」

男は、立ち上がった。「ここもやばいかもしれない。その点はあんたの言い分を認めよう」

男は、台所と寝室を行ったり来たりした。考えているようだ。恵子はその様子をじっと見つめていた。

計画の中止を考えているのならいいが……。今ならまだ取り返しはつく。

男が決心したように立ち止まり言った。

「どこかで計算が狂ったな……」

彼は言った。「しかたがない。計画を変更しなければならないことは認めよう」

男はマスクを剝《は》ぎ取った。若い警官の顔が現れた。恵子は訝《いぶか》った。なぜマスクを取って素顔をさらしたのだろう。

計画を諦《あきら》めたということだろうか。

いや、男は計画を変更すると言ったのだ。それはどういうことだろう……。

「驚いたか?」

若い警官が言った。「僕はあんたの旦那と同業なんだ。それだけじゃない。つい先日まで同じ捜査本部で一緒に捜査をしていたんだ」

恵子はじっと彼を見上げた。

「私を誘拐したのは、夫にも関係ありそうね」

「僕は、樋口係長を尊敬していたんだ。憧《あこが》れていたと言ってもいい。だから、勝負がしたかった。僕の計画を樋口係長の奥さんに見届けてもらう」

にやりと笑った。「いいアイディアだと思わないか?」

「それは本当の尊敬とは言わないわ。あなたは、ゲームの中のちょっと手ごわい敵を見つけたような気持ちだったのよ」

「どうしてあんたはそういう言い方をするんだ? 僕の気持ちを逆撫《さかな》でするような……」

「あなたが会話をしようと言ったのよ。会話をするというのはこういうことよ。気持ちと気持ちをぶつけ合うの。単に言葉をやり取りするだけじゃないわ」

「まあいい。それももう終わりだ」

「終わり……？」

「あんたにはこの段階まで見届けてもらった。それでよしとしよう。あんたの役割は終わったんだ」

男は机の一番下の引き出しを開けた。そこから黒光りする拳銃《けんじゅう》を取り出した。

「警備部長を狙撃《そげき》するために手に入れた銃だ。まさか警察の備品で狙撃するわけにはいかないからな。暴力団の準構成員から買ったんだ。五十万もしたよ」

恵子は恐怖に目を見開いた。間近に銃を見たのは初めてだった。樋口が自宅に銃を持ち帰ることはない。

若い警官は残念そうに溜《た》め息をついた。

「あんたには最後まで見届けてほしかったけどな……。そうもいかなくなってしまった。さあ、出掛けよう。ここであんたを撃つわけにはいかない。タクシーでも拾ってどこか遠くへ行こう」

恵子は言葉を失っていた。

「騒いだり逃げようとしたりしないでくれよ。そのときは、その場で撃つ」

彼は恵子に銃を向けたまま、鍵《かぎ》を放った。手錠の鍵だった。

「自分で手錠を外すんだ。そしてゆっくり立ち上がる」

言われたとおりにするしかなかった。

この先、逃げるチャンスはあるだろうか？　あるいは、夫は追ってきてくれるだろうか？　どちらも望みはなさそうだった。

それでも、夫を信じるしかない。信じて、少しでも生き延びることを考えなければ……。

恵子は解錠して手錠をはずした。ゆっくりと立ち上がる。

「寒いからコートを着るんだ。ほら、あんたのコートだ」

男は恵子がコートを着るまで拳銃を向けてじっと待っていた。恵子の用意が整うと、彼は拳銃を向けたまま器用にジャンパーを着た。目深《まぶか》にキャップをかぶると、恵子を外に出るように促した。

夫はここに向かっているかもしれない。ここから移動したら、また捜し出すのに時間がかかる。あるいは、もう捜し出せないかもしれない。

これが冗談であってくれればいい。恵子は思った。

このドアを開けて外に出るということは、死に一歩近づくということだ。ドアの向こうには確実な死が待っている。

恵子はその恐怖に勝てそうもなかった。その場に崩れ落ちそうだった。

背後から男の声が聞こえる。

「さあ、早くしろ。先に出るんだ」

恵子はこみ上げてくる嗚咽《おえつ》を抑えられなかった。涙がこぼれる。泣きわめいて命乞《いのちご》いをしたい衝動に駆られた。

だが、ぎりぎりのところで自制した。取り乱したら、この男を喜ばせるだけだ。それは我慢ならなかった。

ドアを開けて外に出る。初めて見る光景だ。そこはマンションの廊下だった。左右に同じドアが並んでいる。右手にエレベーターホールが見えた。

そして、見えたのはそれだけではなかった。

エレベーターホールの方向にひっそりと立っているのは、間違いなく樋口だった。

恵子は幻影を見たのかと思った。しかしそうではなかった。樋口は、表情を変えずじっと恵子を見つめていた。

恵子は声が出なかった。安堵《あんど》のためにその場に崩れ落ちそうになった。

「どうした?」

部屋の中から男が尋ねた。

恵子ははっとした。男は銃を向けている。恵子は無言で一歩廊下に出た。男がドアから出ようとする。

そのとき、恵子は目をつむって叫んだ。

「銃を持っている！」


マンションの下に捜査員を配置し、樋口と氏家、そして二人の代々木署捜査員がエレベーターで安達の部屋のある四階まで上がってきていた。踏み込もうか様子を見ようか迷っているときに、不意にドアが開いた。

恵子が現れたときは、全身から力が抜けていきそうになった。しかし、すぐに気を引き締め直した。様子がおかしい。

樋口は、恵子の背後に男がいるのに気づいた。安達に違いない。

恵子が一歩出てくる。次の瞬間、恵子が叫んだ。

「銃を持っている！」

ほとんど無意識に体が動いた。飛び出しながら叫んでいた。

「伏せろ！　伏せるんだ！」

樋口が恵子を押し倒すようにして覆《おお》いかぶさったそのとき、ドアの陰になっていた氏家がドアを蹴《け》るのが見えた。

勢いよく閉まったドアに、安達の手が挟まっていた。オートマチックの拳銃を握っている。すかさず、代々木署の捜査員が脇《わき》からその拳銃をたたき落とした。

氏家はさっとドアを開くと、手首を押さえてうずくまった安達の両肩を捕まえ廊下に放り出した。二人の捜査員が飛び掛かり押さえつけた。

揉《も》み合った末に、ついに安達の手首に手錠が掛けられた。

樋口は、落ちていた拳銃を拾った。中国製のトカレフだ。正式名称は五四式。マガジンを抜いてスライドを引いた。薬室に実包は入っていなかった。すぐに撃てる状態ではなかった。脅しだったのだ。どっと全身から汗が噴き出た。安堵のためだった。

本気で撃つ気がなかったとわかり、急に腹が立ってきた。なぜだかわからなかった。

だが、無性に腹が立った。

「なんでだよ……」

安達の声が聞こえた。同じ署の捜査員に両腕をがっちりとつかまれている。

「なんでこうなっちまったんだよ……」

樋口は安達を殴りつけたかった。

「なんでだと？　知るか、ばかやろう」

氏家が言った。「甘えるんじゃない」

樋口は、ひと言「連れていけ」と言っただけだった。

エレベーターの戸が閉まる前に、安達と樋口の目が合った。樋口は冷たく目をそらした。エレベーターの戸がぴしゃりと閉じた。

樋口は、恵子を見た。恵子はコートの前を固く合わせるようにして立っていた。

「だいじょうぶか?」

樋口は言った。

「ええ……」

恵子はこたえた。

こういうとき、映画ならばしっかりと抱き合って無事を確かめ合うのだがな……。とてもそんな気にはならなかった。恵子にもその気はないらしい。樋口はうなずいた。

「来てくれると思ってました」

恵子が言った。樋口はもう一度うなずいた。

「先に降りているか? 調書を取らなければならないから、署まで来てもらうことになるが……、その前に病院で診てもらう必要があるかもしれない」

「だいじょうぶです」

「まさか、あいつがおまえを誘拐するとはな……」

「計画を見届けさせるためだと言ってました」

「計画？」

「警備部長を狙撃するんだとか……。脅迫状を見せられたわ」

樋口は、しげしげと恵子を見つめた。それから氏家を見た。氏家も樋口を見つめていた。

「その脅迫状というのはどこにある？」

「部屋の中にパソコンがあって……。その中のファイルにあるのよ」

「たまげたな……」

氏家が言った。「あんた、二つの事件を解決しちまったのかもしれない」

「何ですの？」

「一緒に署についていってやれないかもしれない。その脅迫状の事案は私の担当なんだ」

恵子は微笑《ほほえ》んだ。

「かまいませんよ。いつものことです」

こいつは、こういうときでも微笑むことができるんだ。樋口は少しばかり感動していた。

「俺がエスコートするよ」

氏家が言った。「後のことは心配するな」

「すまん」

樋口は氏家と恵子の両方に言い、携帯電話を取り出した。

天童の自宅に掛けた。天童は家にいて、すぐに電話に出た。

「樋口です。脅迫状の件ですが、容疑者と思われる人物を別件で今逮捕しました。これから、係員と鑑識に連絡します」

18

樋口の部下と鑑識がやってきて、安達の部屋の捜索が行われた。問題のパソコンその他を押収《おうしゅう》すると、身柄を押さえている代々木署に事情を説明し、逮捕状の手筈《てはず》を整えた。恵子の誘拐・監禁の手柄は代々木署にやらなければならない。樋口のほうは、警備部長に対する脅迫や拳銃《けんじゅう》の不法所持等の逮捕状を請求する。そのための尋問や資料作りがその夜のうちに行われた。

作業は夜を徹して行われ、警視庁に引き上げたときはへとへとだった。

朝八時半から警務部や公安の連中との会議がある。それまでに、ひと眠りするつもりだった。

ソファで横になるとふと恵子のことが気になった。恵子は救急病院に運ばれ、一応健康状態をチェックされたということだ。その後、捜査員によって調書が取られたに違いない。

警備部長脅迫の捜査本部は必要なくなった。月曜日は早く上がって、恵子の側にいてやろう。そう思ったとき、すでに樋口は眠りに落ちていた。

係員が、もうじき会議の時間ですと起こしに来た。八時二十分だった。

顔を洗う時間はあるな……。樋口はまず洗面所に向かった。歯を磨き、冷たい水で顔を洗うとようやく気分がしゃんとしてきた。

天童と樋口が会議室に顔を出すと、すでに公安の石上警部と警務部の吉田警部がやってきていた。彼らはそれぞれ部下を一人連れていた。

樋口が入っていったとき、石上と吉田は身を寄せて何やらひそひそと話し合っていた。天童と樋口が席に着くのを待って、公安の石上が言った。

「警務といろいろ話し合ったのですが、今回の捜査本部は公安主導ということにします。思想犯の可能性が強いし、公安には蓄積した資料がある。さらに、重要なのは警察の内部調査です。これには当然警務部が当たります。捜査一課はわれわれのサポートに回っていただきます」

樋口は驚いた。まず天童の顔を見て、それから石上に言った。

「何を言ってるんです?」

石上は顔をしかめた。

「刑事の案件ではないと言っているんですよ。あなたたちは私の指示に従ってもらいます。くれぐれも足を引っ張らないでいただきたい。刑事の周りにはマスコミがうろうろしている。これまで多くの情報が刑事から洩《も》れていますからね。それと、公安事件を刑事が手伝うと、必ず刑事はやり方が違うと反発をする。私はそういう無意味な意地は認めませんからそのつもりで……。あなたたちは、私の言うとおりに動いてくれればそれでいい」

警務部の吉田が、石上に同意する態度で樋口を見つめていた。

エリートたちの言い分だな。

樋口は天童に言った。

「この人たちはご存じないんですか？」

「朝一番でここへいらしたようだ。まだ知らないようだな」

石上はかすかな苛立《いらだ》ちを左の眉《まゆ》に表した。

「あなたたちは、何を言っているのです？」

天童が言った。

「容疑者は昨夜逮捕されましたよ。この樋口が逮捕したんです」

石上は目だけ動かして視線を天童から樋口に移した。

「ばかな……。逮捕などと……」

樋口は言った。

「まあ、いろいろありまして……。別件で逮捕したんですがね。現在、身柄は代々木署が押さえています。調べてみると、警備部長を脅迫した犯人とわかりました。刑事もそれなりに仕事をするということですよ」

石上と吉田は無言で顔を見合った。彼の部下たちが急に落ち着きをなくしはじめた。

「というわけで、捜査本部の必要はなくなりました」

天童が言った。「容疑者はわれわれ刑事が捕まえました。あとは公安なり警務なりが好きにやってください」

天童が立ち上がり、樋口も席を立った。

御用納めの慌《あわ》ただしさを抜け出して、樋口は午前中に帰宅した。昨夜の救出劇以来、初めて恵子に会う。

恵子はいつもとまったく変わらぬ様子で樋口の帰宅を迎えた。

「あら、こんな時間に……」

「ああ、昨夜は忙しかったし、御用納めなんでな……」

「お疲れでしょう。横になります?」

「ああ、そうだな……」

どういう顔で妻に会ったらいいだろう。電車の中であれこれ考えていた樋口は拍子抜けした気分だった。

「おまえ、だいじょうぶか？」

「ええ。だいじょうぶですよ」

樋口はうなずいた。

もっと何か言ってやりたかった。しかし、それ以上は必要ないと妻の態度が語っていた。

樋口は着替えるとソファでごろりと横になった。疲れ果てていた。ほどなく彼は眠っていた。

恵子が毛布を掛けてくれ、その瞬間だけ目を覚ました。ただ毛布を掛けてくれるというその行為が、しみじみとありがたく感じられた。

再び目を覚ましたのは照美が帰宅したときだった。元気のいい声で起こされたのだ。

「ああ、疲れた。あら、珍しい。二人そろってるわ」

「すぐに夕御飯にするわね」

樋口はもそもそと起き上がり、毛布を片づけに寝室に行った。リビングルームに戻ってくると、恵子が声を掛けてきた。

「ビール、召し上がります？」

「そうだな」

ちょっと間を置いて、「おまえも飲むか？」

「いただくわ」

二人のやりとりをじっと見ていた照美が言った。

「なあに、どうしたの？　何かあったの？」

樋口は聞き返した。

「どうしてだ？」

「なんだか、二人とも、妙にほんわかしてる」

「そうか？」

台所から恵子が言った。

「母さんは原稿も終わったし、父さんは事件が解決」

「へえ……」

「二人とも家にいられるのがうれしいのよ」

「なんかヘン……」

樋口は言った。

「そうだな。何事もなく家にいられるのは幸せだな」

「さて、明日からはおせち作らなきゃ」

「あたし、手伝わなきゃだめ？」

「当然」

「受験生よ」

「スキー旅行に行ったのは誰？　母さんは甘やかしませんからね」

樋口はようやく体の芯《しん》から疲れが抜けていくのを感じていた。

翌日、天童から誘われ、年末の街に一杯やりに繰り出した。樋口は天童にぜひもう一人加えたいと言って氏家を呼び出していた。暮れも押し迫り、忘年会シーズンも一段落したようだ。休みの店も多い。

天童の行きつけの店が開いているのを確かめ、そこへ出掛けた。

天童は上機嫌だった。

「公安と警務……。あの二人の顔ったらなかったな。いや、よくやってくれた。さすがヒグっちゃんだ」

「ほめられたもんじゃありません。独断で動いていたんですから」

「結果オーライだよ。だが、今後は俺にも相談してほしいな」

氏家が言った。

「今後ですって？　あんなことは二度とごめんですね」

「しかしな……」

天童が言った。「現職の警官とはな……。安達といったか？　どうなんだ、その後の様子は？」

「ひどくうろたえているようです」

樋口がこたえた。「自分のやったことがよくわかっていないのかもしれません。まるでゲームでもやっていた感覚なのかもしれませんね」

氏家がいつもの皮肉な笑みを浮かべて言った。

「そんなガキどもにはうんざりだな」

天童が溜《た》め息をついた。

「最近は犯罪も若年化し、なおかつ凶悪化している。どうしてなんだろうな」

氏家がこたえた。

「ガキどもは世の中を映し出す鏡ですよ。世の中の不安がガキどもに反映する。そして、最近の若い連中はトレーニングができていません」

「トレーニング？」

「そう。あらゆる意味でのトレーニングです。体を鍛えること、人と付き合うこと、困難にぶつかること……。つまり、大人が子供を躾《しつ》けられないんです」

「最近の大人は子供や若者に媚《こ》びている」

樋口が言った。「テレビを見ても、音楽を聴いても、何でもかんでもが若者向けだ。大人たちは若者の顔色を見ながら生きているような気がする。そんなんじゃ躾はできないな」

「そう。大人が自分たちの文化に自信を持てないってのも一因だな」

天童がうなずいた。

「青春ばかりがもてはやされるからな。いい年の大人が未《いま》だに青春してる、などとばかなことを言っている」

「独身で生活に追われていない若い連中は購買力がありますからね」

氏家が言う。「この国は何もかもがマーケット中心で動いている。くだらねえ国になっちまったもんです」

天童は酒のせいか饒舌《じょうぜつ》になっている。

「私ら大人が自分たちの生活にもっと自信を持てばいいんだ。青春なんざ、くそくらえだよ。いいか、青春の次には朱夏《しゅか》が来る」

「朱夏？」

「そう朱色の夏。燃えるような夏の時代だ。そして、人は白秋《はくしゅう》、つまり白い秋を迎え、やがて、玄冬《げんとう》で人生を終える。玄冬とは黒い冬、死のことだ。最も充実するのは夏の時代だ。そして、秋には秋の枯れた味わいがある。青春ばかりがもてはやされるのはおかしい」

「へえ……」

氏家が言った。「青春、朱夏、白秋、玄冬ね……。まだまだ俺の夏は続きそうだな」

おまえさんは、死ぬまで夏の時代かもしれない。樋口は密《ひそ》かにそんなことを思っていた。


年が明けて、最初の休日、樋口は照美がなんとなく落ち着かないのに気づいた。恵子に尋ねると、妻は笑って言った。

「ボーイフレンドが訪ねてくるんですって」

隣の部屋でそれを聞きつけた照美が言った。

「ボーイフレンドなんかじゃないってば……。なんだかややっこしいことになってさ……」

「何だ、そのややっこしいことって」

「付き合ってくれって言われたんだけど、あたし、その気ないし……。そう言ったら、家まで行くから話を聞いてくれって……」

樋口は心穏やかではなくなった。

「その子が訪ねてくるのか？」

「ま、話だけは聞こうと思ってね」

恵子が言った。

「今どき、珍しいわよね。ちゃんと自宅まで話しに来るなんて」

「娘がもてると心配？」

「父さんは心配などしていない。だが、受験に差し支《つか》えるようなことは……」

ドアチャイムが鳴った。

樋口は恵子を見た。恵子は照美に言った。

「あなたが出なさい」

照美は照れ隠しでふくれっ面《つら》になって玄関へ向かった。若者同士が何事か話をしている。

「まあ、入んなさいよ」

照美の後について入ってきた少年を見て、樋口は驚いた。

大森雅之だった。彼は玄関口に立ち、戸惑ったように礼をした。

「父さんと母さん」

照美が紹介した。「大森君っていうの」

大森少年は言った。

「知っている。お父さんとは会ってるんだ」

今度は照美が驚く番だった。

「どういうこと?」

それにはこたえず、大森は樋口に向かって言った。

「僕、ああいうことはやっぱりいけなかったと思って……。ちゃんと話しておかなきゃと……」

樋口は戸惑った。心が騒いでいる。氏家が言っていたことを思い出した。私は嫉妬《しっと》しているのか……。

「よく来たな」

樋口は言った。大森は顔を上げ、そしてまた目を伏せた。

「すいませんでした」

「これでハンディーなしだ。あとのことは娘次第だ。私は知らない」

「はい……」

照美が言った。

「なんだか知らないけど、挨拶《あいさつ》は済んだということね。ちょっと出掛けてくる。二人で話してくるわ」

樋口の返事を聞く前に照美は玄関に向かった。大森はひょこりと一礼してその後を追った。

樋口は新聞を広げてむっつりとしていた。

恵子が言った。

「機嫌悪そう……」

「そんなことはないさ」

「だいじょうぶ。照美はしっかりしてますよ」

「わかってる」

樋口は新聞を畳んでテーブルの上に置いて溜め息をついた。

「青春だな……」

恵子が笑った。

「そうですね」

「私らも負けずに夏の時代を生きなきゃな……」

「何ですか、それ？」

「いや……」

樋口は、いつものように言った。「何でもない」

恵子には説明の必要などない。彼女は充分にいきいきと生きている。

「そうですか」

恵子もいつものように言った。

この作品は一九九八年四月幻冬舎から刊行された。

今野敏著

リオ

―警視庁強行犯係・樋口顕―

捜査本部は間違っている！　火曜日の連続殺人を捜査する樋口警部補。彼の直感がそう告げた。刑事たちの真実を描く本格警察小説。

新潮社編

鼓動

―警察小説競作―

悪徳警官と妻。現代っ子巡査の奮闘。伝説の警視の直感。そして、新宿で知らぬ者なき刑事〈鮫〉の凄み。これぞミステリの醍醐味！

新潮社編

決断

―警察小説競作―

老練刑事の矜持。強面刑事の荒業。新任駐在の苦悩。人気作家六人が描く「現代の警察官」。激しく生々しい人間ドラマがここに！

綾辻行人著

霧越邸殺人事件

密室と化した豪奢な洋館。謎めいた住人たち。一人、また一人…不可思議な状況で起る連続殺人！　驚愕の結末が絶賛を浴びた超話題作。

綾辻行人著

殺人鬼

サマーキャンプは、突如現れた殺人鬼によって地獄と化した――驚愕の大トリックが仕掛けられた史上初の新本格スプラッタ・ホラー。

有栖川有栖著

絶叫城殺人事件

「黒鳥亭」「壺中庵」「月宮殿」「雪華楼」「紅雨荘」「絶叫城」――底知れぬ恐怖を孕んで闇に聳える六つの館に火村とアリスが挑む。

伊坂幸太郎著

ラッシュライフ

未来を決めるのは、神の恩寵か、偶然の連鎖か。リンクして並走する4つの人生にバラバラ死体が乱入。巧緻な騙し絵のごとき物語。

伊坂幸太郎著

重力ピエロ

ルールは越えられるか、世界は変えられるか。未知の感動をたたえて、発表時より読書界を圧倒した記念碑的名作、待望の文庫化！

石田衣良著

4TEEN【フォーティーン】

直木賞受賞

ぼくらはきっと空だって飛べる！　月島の街で成長する14歳の中学生4人組の、爽快でちょっと切ない青春ストーリー。直木賞受賞作。

内田幹樹著

パイロット・イン・コマンド

第二エンジンが爆発しベテラン機長も倒れた。ジャンボは彷徨う。航空サスペンスとミステリを見事に融合させた、デビュー作！

内田幹樹著

操縦不能

高度も速度も分からない！　万策尽きて墜落を待つばかりのジャンボ機を、地上でシミュレーターを操る、元訓練生・岡本望美が救う。

江上剛著

非情銀行

冷酷なトップに挑む、たった四人の行員のひそかな叛乱。巨大合併に走る上層部の裏側に、闇勢力との癒着があることを摑んだが……。

逢坂剛著
相棒に気をつけろ
七つの顔を持つ男と、自称経営コンサルタントの女……。世渡り上手の世間師コンビが大活躍する、ウイットたっぷりの痛快短編集。

逢坂剛著
アリゾナ無宿
火を噴くコルトSAA、襲い来るアパッチ。早撃ちガンマンとニホンのサムライがお尋ね者を追う。今、甦る大いなる西部劇の興奮。

小野不由美著
東京異聞
人魂売りに首遣い、さらには闇御前に火炎魔人、魑魅魍魎が跋扈する帝都・東京。夜闇で起こる奇怪な事件を妖しく描く伝奇ミステリ。

小野不由美著
屍鬼（一～五）
「村は死によって包囲されている」。一人、また一人、相次ぐ葬送。殺人か、疫病か、それとも……。超弩級の恐怖が音もなく忍び寄る。

大槻ケンヂ著
リンダリンダラバーソール
バンドブームが日本の音楽を変え、冴えない大学生だった僕の人生を変えた——。大槻ケンヂと愛すべきロック野郎たちの青春群像。

小川洋子著
博士の愛した数式
本屋大賞・読売文学賞受賞
80分しか記憶が続かない数学者と、家政婦とその息子——第1回本屋大賞に輝く、あまりに切なく暖かい奇跡の物語。待望の文庫化！

恩田陸著

六番目の小夜子

ツムラサヨコ。奇妙なゲームが受け継がれる高校に、謎めいた生徒が転校してきた。青春のきらめきを放つ、伝説のモダン・ホラー。

恩田陸著

夜のピクニック

吉川英治文学新人賞・本屋大賞受賞

小さな賭けを胸に秘め、貴子は高校生活最後のイベント歩行祭にのぞむ。誰にも言えない秘密を清算するために。永遠普遍の青春小説。

荻原浩著

噂

女子高生の口コミを利用した、香水の販売戦略のはずだった。だが、流された噂が現実となり、足首のない少女の遺体が発見された——。

荻原浩著

メリーゴーランド

再建ですか、この俺が？ あの超赤字テーマパークを、どうやって?! 平凡な地方公務員の孤軍奮闘を描く「宮仕え小説」の傑作誕生。

北方謙三著

棒の哀しみ

棒っきれのようにしか生きられないやくざ者には、やくざ者にしかわからない哀しみがある……。北方ハードボイルドの新境地。

北方謙三著

風樹の剣

—日向景一郎シリーズI—

「父を斬れ」。祖父の遺言を胸に旅立った青年はやがて獣性を増し、必殺剣法を体得する。剣豪の血塗られた生を描くシリーズ第一弾。

北村薫著 **スキップ**

目覚めた時、17歳の一ノ瀬真理子は、25年を飛んで、42歳の桜木真理子になっていた。人生の時間の謎に果敢に挑む、強く輝く心を描く。

北村薫著 **リセット**

昭和二十年、神戸。ひかれあう16歳の真澄と修一は、再会翌日無情な運命に引き裂かれる。巡り合う二つの《時》。想いは時を超えるのか。

北森鴻著 **凶笑面** —蓮丈那智フィールドファイルⅠ—

封じられた怨念は、新たな血を求め甦る——。異端の民俗学者・蓮丈那智の赴く所、怪奇な事件が起こる。本邦初、民俗学ミステリー。

北森鴻著 **触身仏** —蓮丈那智フィールドファイルⅡ—

美貌の民俗学者が、即身仏の調査に赴いた村で、いにしえの悲劇の封印をほどき、現代の失踪事件を解決する。本格民俗学ミステリ。

黒川博行著 **疫病神**

建設コンサルタントと現役ヤクザが、産廃処理場の巨大な利権をめぐる闇の構図に挑んだ。欲望と暴力の世界を描き切る圧倒的長編！

黒川博行著 **左手首**

一攫千金か奈落の底か、人生を賭した最後のキツイ一発！　裏社会で燻る面々が立てた完全無欠の犯行計画とは？　浪速ノワール七篇。

志水辰夫著
飢えて狼
牙を剝き、襲い掛かる「国家」。日本有数の登山家だった渋谷の孤独な闘いが始まった。小説の醍醐味、そのすべてがここにある。

志水辰夫著
裂けて海峡
弟に船長を任せていた船は、あの夏、大隅海峡で消息を絶った。謎を追う兄が触れたのは、禁忌。ミステリ史に残る結末まで一気読み！

志水辰夫著
背いて故郷
日本推理作家協会賞受賞

スパイ船の船長の座を譲った親友が何者かに殺された。北の大地、餓狼の如き眼を光らせ真実を追い求めるわたしの前に現れたのは。

白川道著
海は涸いていた
裏社会に生きる兄と天才的ヴァイオリニストの妹。そして孤児院時代の仲間たち——。男は愛する者たちを守るため、最後の賭に出た。

白川道著
終着駅
〈死神〉と恐れられたアウトロー、視力を失いながら健気に生きる娘。命を賭けた恋が始まる。『天国への階段』を越えた純愛巨編！

高杉良著
明日はわが身
派閥抗争、左遷、病気休職——製薬会社の若きエリートを襲った苦境と組織の非情。すべてのサラリーマンに捧げる渾身の経済小説。

天童荒太著
幻世《まぼろよ》の祈《いの》り
家族狩り 第一部

高校教師・巣藤浚介、馬見原光毅警部補、児童心理に携わる氷崎游子。三つの生が交錯したとき、哀しき惨劇に続く階段が姿を現わす。

西澤保彦著
笑う怪獣
ミステリ劇場

巨大怪獣、宇宙人、改造人間！ 密室、誘拐、連続殺人！ 3バカトリオを次々と襲う怪奇現象&ミステリ。本格特撮推理小説、登場。

貫井徳郎著
迷宮遡行

妻が、置き手紙を残し失踪した。かすかな手がかりをつなぎ合わせ、迫水は行方を追う。サスペンスに満ちた本格ミステリーの興奮。

乃南アサ著
凍える牙
直木賞受賞

凶悪な獣の牙――。警視庁機動捜査隊員・音道貴子が連続殺人事件に挑む。女性刑事の孤独な闘いが圧倒的共感を集めた超ベストセラー。

乃南アサ著
悪魔の羽根

きっかけは季節の香りに刺激されたからか…。男女の心に秘められた憎悪や殺意を、四季の移ろいの中で浮かび上がらせた7つの物語。

坂東眞砂子著
山妣（上・下）
直木賞受賞

山妣がいるてや。赤っ子探して里に降りて来るんだいや―明治末期の越後の山里。人間の業と雪深き山の魔力が生んだ凄絶な運命悲劇。

帚木蓬生著

三たびの海峡
吉川英治文学新人賞受賞

三たびに亙って〃海峡〃を越えた男の生涯と、日韓近代史の深部に埋もれていた悲劇を誠実に重ねて描く。山本賞作家の長編小説。

帚木蓬生著

逃亡(上・下)
柴田錬三郎賞受賞

戦争中は憲兵として国に尽くし、敗戦後は戦犯として国に追われる。彼の戦争は終わっていなかった——。「国家と個人」を問う意欲作。

服部真澄著

エル・ドラド(上・下)

南アメリカ大陸の奥地で秘密裏に進行する企み。人類と地球の未来を脅かす遺伝子組み換え作物の危険を抉る、超弩級国際サスペンス。

花村萬月著

眠り猫

元凄腕刑事の〈眠り猫〉、ヤクザあがりの長田、女優を辞めた冴子。3人の探偵は暴力団の激闘に飲みこまれる。ミステリ史に輝く傑作。

花村萬月著

なで肩の狐

元・凄腕ヤクザの〃狐〃、力士を辞めた蒼ノ海、主婦に納まりきれない玲子。奇妙な一行は、辿り着いた北辺の地で、死の匂いを嗅ぐ。

東野圭吾著

超・殺人事件
—推理作家の苦悩—

推理小説界の舞台裏をブラックに描いた危ない小説8連発。意表を衝くトリック、冴え渡るギャグ、怖すぎる結末。激辛クール作品集。

新潮文庫最新刊

海道龍一朗著
北條龍虎伝
大軍八万五千に囲まれた河越城、守る味方はわずか三千。北條氏康、綱成主従の絆と戦国史に特筆される乾坤一擲の戦いを描いた傑作。

阿刀田高著
チェーホフを楽しむために
様々な人生をペーソス溢れるユーモアでくるんだ短編の数々——その魅力的な世界を、同じく短編の名手が読み解くチェーホフ入門書。

吉本隆明著
詩の力
露風・朔太郎から谷川俊太郎、宇多田ヒカルまで。現代詩のみならず、多ジャンルに展開する詩歌表現をするどく読み解く傑作評論。

養老孟司著
かけがえのないもの
何事にも評価を求めるのはつまらない。何が起きるか分からないからこそ、人生は面白い。養老先生が一番言いたかったことを一冊に。

池田清彦著
だましだまし人生を生きよう
東京下町に生まれ、昆虫に夢中だった少年は、やがて日本を代表する気鋭の生物学者に。池田流人生哲学満載の豪快で忌憚のない半生記。

倉本聰著
北の人名録
永遠の名作「北の国から」が生まれた富良野。その清冽な大地と鮮烈な人間を活写。名脚本家による伝説のエッセイ、ついに文庫化。

新潮文庫最新刊

宮沢章夫著
アップルの人
デジタル社会は笑いの宝庫だ。Ｍａｃ、秋葉原からインターネット、メールまで。パソコンがわからなくても面白い抱腹絶倒エッセイ49編。

中島岳志著
インドの時代
―豊かさと苦悩の幕開け―
日本と同じように苦悩する、インド。我々と異なる問題を抱く、インド。気鋭の研究者が、知られざる大国の現状とその深奥に迫る。

青木玉著
着物あとさき
祖父・幸田露伴から母・幸田文へと引き継がれた幸田家流の装いの極意。細やかな手仕事を加えて、慈しんで着続ける悦びを伝える。

野瀬泰申著
天ぷらにソースをかけますか？
―ニッポン食文化の境界線―
赤飯に甘納豆!? 「天かす」それとも「揚げ玉」？ お肉と言えばなんの肉？ 驚きと発見の全国〈食の方言〉大調査。日本は広い！

伊東成郎著
幕末維新秘史
桜田門外に散った下駄の行方。西郷を慕った豚姫様。海舟をからかった部下。龍馬を暗殺した男。奇談、珍談、目撃談、四十七話を収録。

関裕二著
藤原氏の正体
藤原氏とは一体何者なのか。学会にタブー視され、正史の闇に隠され続けた古代史最大の謎を解き明かす、渾身の論考。

朱《しゅ》夏《か》

―警視庁強行犯係・樋口顕―

新潮文庫　こ－42－2

平成十九年十月一日発行
平成二十一年一月二十日十六刷

著者　今《こん》野《の》敏《びん》

発行者　佐藤隆信

発行所　株式会社新潮社

郵便番号　一六二―八七一一
東京都新宿区矢来町七一
電話　編集部（〇三）三二六六―五四四〇
　　　読者係（〇三）三二六六―五一一一
http://www.shinchosha.co.jp

価格はカバーに表示してあります。

乱丁・落丁本は、ご面倒ですが小社読者係宛ご送付ください。送料小社負担にてお取替えいたします。

印刷・二光印刷株式会社　製本・株式会社大進堂

ISBN978-4-10-132152-3 C0193